Pour Ramona,
Amitiés,
Nathalie Rykiel

TU SERAS UNE FEMME, MA FILLE

NATHALIE RYKIEL

TU SERAS UNE FEMME, MA FILLE

calmann-lévy

ISBN 978-2-7021-4067-3

À Tatiana, à Lola, à Salomé, à Sonia

Vous m'avez dit d'écrire sur les gens que j'ai rencontrés, je vous ai répondu : « Connus ? » Je me sentais fine mouche, sachant d'avance ce qui vous intéresserait. « Oui, connus, mais pas seulement. » Vous m'avez dit d'écrire avec émotion. Mais croyez-vous que je sois capable d'écrire sans émotion ? Je n'ai qu'elle pour guide. Si ce n'était pas le cas, je pourrais inventer des situations, décrire des lieux, imaginer des vies entières. J'en rêverais ! Et puis, vous m'avez dit de raconter des histoires. Je vous ai répondu que ça, c'était plus difficile. Alors vous m'avez parlé de la femme qui rentre de son travail le soir, dans le RER, qui lit pendant vingt minutes, qui décroche si elle s'ennuie. Vous m'avez dit que c'était elle, la lectrice.

Je ne suis pas écrivain. Je ne sais que parler de moi, de ce que j'éprouve. De la vie que je me suis faite et de la vie qui a façonné la femme que je suis aujourd'hui, probablement différente de celle que je serai demain.

Et puis je me suis dit que vous aviez raison, que c'était une marque de respect, que ce serait formidable d'y arriver, parce que c'était peut-être cela, écrire. Garder avec soi, le plus longtemps possible, des gens qui ne vous connaissent pas.

Septembre 2007

PETITE RECETTE DE CUISINE... EN SALLE DE BAINS

Je me prépare. Ce soir, je veux plaire, je veux rencontrer. Séduire. Particulièrement ce soir. C'est cette sensation, sensuelle et prometteuse, toujours la même depuis la fin de l'adolescence, qui me submerge parfois, par bouffées.

Je n'ai pas vingt ans, mais l'excitation est exactement la même, la disponibilité aussi. Je sais pourquoi. Je ne le dirai pas. Il pourrait me lire. Il comprendrait que je ne l'aime plus. Et puis, je n'en suis pas si sûre, et je voudrais bien que cela me soit égal. De toute façon, je ne veux pas d'explications, pas maintenant. Je ne veux pas être triste. Pas ce soir.

Je prends un bain, mais vite. Je me crème le corps d'un onguent parfumé et velouté. Le plus important, ce sont mes cheveux. Certains jours, je peux tout faire et, malgré cela, ils prennent un pli… d'amertume. D'autres soirs, presque rien, le brushing habituel, et ils me conviennent, me plaisent, sans explication, sans prévenir. Ils sont imprévisibles, mes cheveux. Ce soir, ils sont bien, peut-être qu'ils devinent que c'est important. Après tout, ils me doivent bien ça, je m'occupe suffisamment d'eux : coupes régulières, masques sophistiqués au jasmin, au beurre de karité, shampoings moelleux et mielleux, nourrissants, après-shampoings au thé vert ou au vinaigre, une vraie usine alimentaire qui donne à ma salle de bains les apparences d'un garde-manger.

J'ai décidé de ma tenue avant, c'est ce qui me pose le moins de problème : il suffit qu'elle corresponde à mon humeur, à ce que j'ai envie de montrer ou de cacher, mes épaules ou mes jambes, ma silhouette du moment surtout. Je ne m'habille pas du tout de la même façon quand je me sens mince – donc bien – ou quand j'ai envie de camoufler un ou deux kilos. Depuis l'enfance, je me fiche pas mal des circonstances, de l'occasion, je ne suis pas gênée par le fait d'être trop – ou trop peu – habillée, hors contexte ou pas. Il suffit que je me convienne : ce n'est pas un manque d'éducation, c'est le sentiment que si je me sens bien, je serai bien avec les autres. Après, je me maquille. Les yeux, charbonneux, chargés, un peu trop. J'aime bien quand le noir « dégueule » légèrement et me donne (j'espère) l'air brumeux comme après une nuit d'amour *(smoky eyes)*. Le teint, je l'enlumine de poudre nuancée de jaune, le rose ne me va pas. Coca light et cigarette côtoient les Cotons-Tiges (indispensables pour revenir aux yeux, que je retouche sans arrêt) près du lavabo. La musique, ce soir Barry White, accompagne mes préliminaires. Je repasse au teint, un coup de blush (de l'anglais, rougir !). Rien sur les lèvres. Je retourne aux yeux, j'en rajoute, j'en enlève un peu. Je passe dans une autre pièce, je me regarde dans une autre glace, une autre lumière. Je reviens. Je me parfume, les cheveux, le cou, les seins, les cuisses, le sexe. J'enfile un soutien-gorge, pas de culotte, je me sens bien comme cela, puis ma robe. Je choisis mes chaussures, hautes le plus souvent, excentriques toujours. Je m'énerve avec les trop petites rondelles de sécurité de mes B-O (boucles d'oreilles) préférées du moment, et je choisis une bague, jamais de collier. Un sac.

Je suis en retard. Juste comme il faut.

LA ROBE BLEUE

C'était une robe en étamine de coton bleu, un bleu entre ciel et azur. Ras du cou, décolleté souligné d'un petit volant froncé, un empiècement au-dessus de la poitrine et, sous l'empiècement, un deuxième petit volant froncé d'environ trois millimètres. Bras nus. Le deuxième petit volant accentuait les seins, qui pointaient juste en dessous. Dans la couture, de chaque côté, une poche. Longueur, sous le genou. Légère, elle volait dans le vent. Je m'y sentais bien.

Grèce, juillet 1972. Voyage organisé, je pars avec mon amie de lycée Nina J. pour un périple qui nous promènera… avec d'autres gens dont nous ne savons rien, comme c'est le jeu dans ce type de vacances. Arrêt le soir dans des auberges de jeunesse, lits superposés, relents de moussaka mal digérée et d'insolation sur le Parthénon. Remous et protestations contre l'organisation bancale et, sous les lits, les cafards qui n'étaient pas dans la brochure. Le Péloponnèse en autocar, on ne m'y reprendrait plus.

Peu de drague, juste un type possible dans mon souvenir, pour vaguement fantasmer, rien de plus, du charme, mais pas assez sexy ni intéressant. Le reste, des femmes seules, des couples. Et les escales chaque nuit dans un lieu différent…

Il faisait très chaud. Les visites de monastères dans les petits villages nous ramenaient moites dans l'autocar où Nina et moi nous étions attribuées les places du fond, parce qu'elles nous semblaient plus fraîches. De là, nous pouvions commenter les inclinaisons de nuque des uns et des autres, leurs bavardages, les disputes des couples. Personne ne changeait jamais de place, l'ensemble était ennuyeux.

Un jour, nous avions roulé pendant longtemps, le conducteur gare le car et notre guide propose un arrêt pipi. Personne ne bouge, l'alanguissement est général. Je me lève et remonte la travée centrale, je descends les marches et me laisse saisir par la chaleur. Je me sens tellement cuite et collante que je m'arrête pour me rafraîchir les cheveux sous l'eau fraîche d'un jet d'eau avant de rejoindre lentement les toilettes de la station-service. Ma jolie robe bleue reste collée à mes fesses et quand je passe ma main pour l'écarter, je la retire pleine de sang. Le dos de ma robe est rouge foncé, un rouge séché par les heures de car et la chaleur. Je comprends que tout le monde m'a vue traverser le car dans cet état. Je suis accablée, impossible de remonter le temps. J'enlève la robe, la frotte avec le morceau de savon rabougri du lavabo, l'enfile humide et repars vers l'autocar, je n'ai pas le choix. Je me souviens très bien de ce moment-là.

C'était un voyage entre deux, deux moments de ma vie, je n'étais plus une adolescente, je ne me sentais pas du tout femme, j'étais dans une imprécision, un flou existentiel un peu angoissant, je me laissais porter, je n'avais ni but ni passion. J'écoutais Barbara, Leonard Cohen et Véronique Sanson et, si je rêvais, c'était du grand amour. Il me restait une année avant le bac, une année pour faire des choix. Franchement, je ne me sentais aucun désir particulier.

À part l'envie de plaire à mon père, qui me conduisit à passer l'année suivante (et réussir avec mention) un bac scientifique alors que j'étais d'inclination plutôt littéraire, j'étais en roue libre et je ne me destinais à rien, surtout pas à la mode. Mon père n'avait que mépris pour les enfants qui n'avaient pas su trouver leur voie, envisager de rejoindre l'affaire familiale était donc exclu. Il n'y avait aucune pression sur mes épaules, ma mère n'en exerçait pas, mon existence semblait suffire à la contenter, je crois qu'elle n'avait pas d'ambition particulière pour moi. Mon grand challenge dans la vie était de rendre mon père fier de moi. Mais, après le résultat de mon bac qui lui avait fait plaisir, j'ai renoncé à suivre la filière logique qui était médecine. J'ai pris une année sabbatique pendant laquelle je me suis échappée en pleine nuit d'un stage de théâtre sadique de l'école Grotowski (on nous faisait marcher la nuit pieds nus dans la forêt…), je me suis occupée d'une librairie d'affiches de cinéma (en face du cinéma La Pagode, rue de Babylone, à Paris), j'ai tourné un court-métrage en super-8 (« Bonjour, ça va, on se téléphone ? »), mais je lisais dans le regard de mon père un air de déception qui me blessait. D'ailleurs, il se consacrait à mon frère Jean-Philippe.

Mon père est mort brutalement l'année de mes vingt ans. Trois mois après, j'ai rencontré Pierre, avec qui j'ai vécu ma première belle histoire d'amour. Six mois plus tard, je défilais pour ma mère comme mannequin…

PIERRE

Pierre, tu es mort. C'est inconcevable, alors je me le dis, je me l'écris, car les mots ont ce pouvoir de photographier une pensée qui ne demande qu'à fuir, de fixer une réalité, de la forcer à s'allonger sur le papier, de lui dessiner un contour qui l'encadre dans un début et une fin, l'ensemble figurant un sens, jouant une musique, d'où il est plus difficile de s'échapper. J'écris ce mot, MORT, et je le regarde. C'est un mot court, c'est un mot clair. Il ne te ressemble pas. Toi qui es interminable et compliqué. Tu es mort, donc, j'essaye de m'appliquer. Il faudra vivre sans toi, sans déjeuner avec toi, sans te voir arriver sur ta moto, enlever ton casque, tes gants, me sourire. Il faudra vivre sans me dire : « Si j'appelais Pierre, j'ai envie de voir Pierre, il faudra que je raconte ça à Pierre, que je lui demande son avis. » Tu es mort, je ne pourrai plus parler avec toi, t'entendre m'expliquer pourquoi nous deux ça s'est arrêté, tu disais qu'on était trop jeunes, des enfants. Deux enfants qui s'aimaient, c'est vrai que j'avais vingt ans et toi vingt-cinq, deux enfants qui se sont mariés et qui n'ont pas réussi à grandir ensemble. Tu es mort, tu ne pourras plus m'inviter à tes expositions, me parler de tes étudiants, de tes enfants, tu ne pourras plus non plus t'indigner, te fâcher, te révolter.

Il faudra vivre sans toi, mais pas sans la mémoire de toi. Tes dessins, tes aquarelles, tes portraits sont près de moi, j'ai celui de l'affiche de ta première exposition à Amsterdam, j'ai racheté il y a trois mois *Mon Titi rouge*, l'immense portrait pour lequel tu m'avais fait poser si longtemps. Je voulais te faire la surprise, je n'ai pas eu le temps.

Toi, le fiévreux, qui allumais sa vie comme ses cigarettes, avec ce petit tremblement, puis, d'un mouvement ample, en secouant la main, éteignais le feu des allumettes ou claquais le clapet de ton Zippo. Toi, l'un des hommes les plus séduisants, et fascinants même, que j'ai connus, tu étais inquiétudes et certitudes. Tu étais passion, folie parfois, pour la peinture qui t'habitait. Tu ne déviais pas de ton chemin, ce chemin qui est devenu ton œuvre. Rien ne t'en détournait et, pourtant, c'était difficile d'en vivre. Tu

trouvais cela injuste, c'était une blessure, tu attendais cette reconnaissance qui n'est pas venue assez vite. Ce qui t'intéressait, en dehors de ton travail – mais où était la frontière, y en avait-il une ? –, c'était les autres. Tu étais curieux des gens, curieux de voir où ils t'emmèneraient. Ils te ramenaient toujours au même endroit. Devant ta toile. Les rencontres, les amis, les amours entraient dans l'atelier, devenaient les tableaux. Les pinceaux et les pigments envahissaient toute la maison et coloraient ta vie. J'écris VIE, je regarde ce mot… C'est un mot clair aussi, très précis dans ce qu'il exprime. Il te ressemble.

MIGRAINEUSE

J'ai mal à la tête depuis l'adolescence. En général, quand j'évoque cette douleur, on commence par me regarder d'un air sceptique. On m'interroge : « Mal de tête ou migraine ? – Migraine, je suis migraineuse. » Et je sens que mon interlocuteur, quel qu'il soit (copine, médecin, relation dont je viens d'annuler un déjeuner pour cause de…), doute. Alors, décrire la douleur : cognement dans les tempes, une seule ou parfois les deux, cervicales tendues, nuque raide, impression diffuse de brûlure et de chaleur, oreilles lourdes, yeux rétractés au fond des orbites et qui picotent. Puis, énumérer la liste des compagnons de route : j'ai mal au cœur, je ne supporte aucune odeur, les bruits me sont intolérables, la lumière m'éblouit. Après cette litanie, j'ai généralement droit à deux types de réponses. Soit : « Je te plains, j'ai un ami, un beau-frère… qui en souffre aussi », après quoi le dialogue est rompu, il faut passer à autre chose, nous ne nous trouverons pas sur ce terrain-là. Soit, avec un grand sourire complice : « Moi aussi, as-tu essayé… ? » S'ensuit la liste de tous les remèdes, potions et médecins testés, créant immédiatement entre nous un lien corporatiste.

Oui, il y a deux mondes. Et ceux qui n'appartiennent pas au cercle des migraineux n'entendent rien aux autres. La migraine est invisible, seuls les traits du visage sont parfois creusés et distordus. C'est un mal magique et mystérieux dont on ne peut prévoir l'irruption et qui, d'un instant à l'autre, vous anéantit, vous obligeant à cesser toute activité, à annuler tout événement quelle qu'en soit l'importance, sentimentale ou professionnelle.

J'étais au fond de mon lit pour l'anniversaire de l'une de mes filles, incapable de descendre l'embrasser même pour le gâteau, et les hurlements de ses copains qui s'amusaient avec elle dans la maison me déchiraient la tête. J'ai dû décommander tous mes interviews pendant un voyage promotionnel à Moscou et, pressée par un emploi du temps ultra-chargé, laisser mon attachée de presse faire ma valise parce que je ne pouvais pas me lever de mon lit et que nous devions partir l'après-midi même pour Saint-

Pétersbourg. J'ai voyagé les yeux fermés en manteau de fourrure avec une compresse très glamour sur le front en me tenant à son bras. J'ai déambulé dans les rues de Tokyo avec des lunettes noires et un bandeau blanc glacé sur les tempes en me foutant du regard des passants, parce que, ce jour-là, j'avais décidé de la combattre et refusé de rester à l'hôtel, trop à faire. J'ai dû capituler et retourner me coucher. J'ai vomi à Venise après un délicieux dîner d'anniversaire dans le bidet d'une chambre d'hôtel. Je me suis à moitié évanouie en porte-jarretelles dans ma cuisine. On m'a allongée dans un restaurant à Bali, en plein jour, et un client chinois qui déjeunait à la table voisine m'a scarifié le corps avec une pierre ponce pour me faire circuler le sang et me soulager, j'ai gardé les griffures rouges sur mon dos et mes épaules pendant plusieurs jours. Dans ces moments-là, je suis prête à accepter n'importe quelle aide, n'importe quelle médecine, si un gourou local me propose de me porter secours, je prends. J'ai des cicatrices de migraines épouvantables dans nombre de villes où je suis passée. J'en ai chez moi, au bureau, en vacances, des souvenirs à m'éclater la tête… J'ai titubé lors de mes trois grossesses pour me rendre chez l'acupuncteur, parce que je n'avais droit à aucun médicament, sauf un peu de Paracétamol et un peu, pour moi qui frôle l'overdose à chaque crise, ça n'est pas assez. J'ai testé la relaxation, la sophrologie, j'ai respiré du camphre, je me suis massée au Baume du Tigre, j'ai gobé du Zomig, du Naramig, des comprimés de Prontalgine (par deux), du Lexomil (pour me détendre), du Lamaline, du Nurofen Plus (que je ne trouvais qu'en Angleterre), du Tylénol Plus (qu'on m'envoie depuis New York), j'ai soudoyé toutes les pharmacies de mon quartier pour récupérer les derniers suppositoires d'Optalidon quand il a été interdit (et je les ai économisés jusqu'au dernier en les octroyant aux plus aiguës de mes crises). Claradol, Profénid, Advil, Di-Antalvic ont tour à tour été mes compagnons d'infortune. En ce moment, je me shoote au cocktail Aspégic 1 000/Citrate de Bétaïne. En général, les nouveautés opèrent au début mais leur effet s'amenuise avec le temps, il faut ensuite essayer un nouveau remède. Je me suis cultivée sur la question, je sais que je dois me tenir droite sur mes oreillers et non allongée (afflux de sang à la tête), boire du café, du Coca battu à la fourchette. Si possible, détecter les signes déclencheurs (stress, grosse chaleur, certains alcools, fatigue) et… les éviter ! J'ai toujours dans mon sac une très jolie petite trousse dorée qui contient les médicaments élus du moment.

J'ai, je crois, tout essayé, je suis devenue experte au point d'inventer même certaines recettes maison que, dans le souci d'aider mon prochain, je révèle aujourd'hui !

Rire : vous êtes allongée, dans l'état migraineux précité. Un ami pousse la porte de votre chambre, vous trouve hagarde, effondrée, le cheveu emmêlé sur l'oreiller, et a suffisamment d'humour pour risquer une bonne blague. Là, s'il a du talent, si la migraine est en phase un (début, une tempe commence à appuyer à l'intérieur et à se paralyser) ou deux (ça martèle en profondeur, la nausée arrive), laissez-vous aller à un rire profond, voire hystérique, qui vous délivrera du mal, ça peut marcher. En phase trois, n'essayez même pas.

Sexe : vous êtes allongée, toujours dans l'état qui nous préoccupe, et votre amoureux, mari, amant, plombier, passe la porte de votre chambre. Soit vous avez gardé un peu de dignité, vous êtes blafarde certes, mais en nuisette de soie, soit il est un peu fou, amoureux, pervers, voire en manque, et vous trouve sexy toute nue dans votre douleur, le visage tordu, yeux clos, compresse sur la tête, bassine (le détail qui tue, videz-la régulièrement) auprès du lit. Laissez-vous approcher. La migraine, bouclier des corvées conjugales, peut, je l'affirme, être traitée et éradiquée même par un amant habile qui saura vous faire jouir. À ne tenter qu'en phase un ou deux seulement. En phase trois, l'idée même de l'existence d'un homme est inconcevable, seule celle d'une gentille femme de ménage ou d'une maman douce changeant la compresse frontale est envisageable. À ce propos, avez-vous déjà demandé à un homme de changer le gant humide sur votre front ? Personnellement, j'ai eu droit à de l'eau chaude, tiède parfois, qui dégoulinait jusque sur mon oreiller (bien sûr, j'ai, à chaque fois, gratifié mon gentil héros d'un sourire reconnaissant). Seules une femme ou une fille (les miennes sont expertes) savent vraiment ce qu'est une compresse fraîchement essorée digne de ce nom. Revenons aux hommes. S'il n'y en a pas auprès de vous, j'ai une suggestion idéale dans ces circonstances où la solitude seule est vraiment tolérable. Le sex-toy (ne me demandez pas lequel, choisissez vous-même), en vous procurant un orgasme rapide et efficace, vous débarrassera une fois sur cinq de votre migraine.

Mes deux recettes répondent à la même formule : décongestionner le flux sanguin et libérer la tension générale du corps.

Ne me demandez pas si je les ai testées, je suis une femme sérieuse…

LÉGÈRE

Ce soir, je me sens légère. Soulagée. Comme si les tourments de ces derniers temps s'effaçaient. Comme si la chape de plomb sur mes épaules, celle qui plisse mon cou et raidit ma nuque, cédait enfin. Le tunnel d'épreuves à l'intérieur duquel je pilote ma vie depuis plus de deux ans, sérieusement et bien accrochée au volant, un pied sur l'accélérateur et l'autre prêt à freiner à tout moment, caparaçonnée en guerrière, protégée des attaques par un gilet pare-balles, en satin matelassé quand même, semble s'évanouir tranquillement. Il ne disparaît pas, ce tunnel, la route reste bien tracée, non, c'est le ciel qui s'y engouffre, le bleu du ciel, les nuages joliment dessinés, le soleil aussi. Comme ces maisons de poupées, ces boîtes de poneys pour enfants, où le toit, quand on l'ouvre, se répand de part et d'autre, laissant découvrir fenêtres, portes, promenades, jeux… La vie, en somme.

Il m'a fallu, pour arriver là, démêler tant de nœuds, surmonter tant de peurs, d'oppositions, d'obstacles. Me persuader que j'y arriverai. Comprendre. Apprendre. Beaucoup de choses à apprendre. De belles choses et de moins belles. Maîtriser mon impatience. Ne plus, parce que c'est facilité, faire confiance spontanément à ceux qui me l'inspirent a priori. Suivre mon instinct certes, mais le raisonner d'abord. Et la solitude…

Hier, les travaux pour construire un ascenseur chez ma mère (trois étages, jambes douloureuses, une béquille) ont enfin commencé après dix années de pourparlers épuisants avec sa copropriété.

Aujourd'hui, j'ai accompagné Muriel, ma tante, faire une IRM dont elle attendait les résultats avec beaucoup d'inquiétude. Elle n'avait rien de grave et, ensuite, nous sommes allées acheter des fleurs et des produits de beauté, nous nous sommes dit que nous nous aimions.

Aujourd'hui, j'ai constaté que la nouvelle équipe que j'ai mise en place pour dessiner les collections est adéquate. Qu'elle va succéder à des années de difficultés avec des gens qui ne l'étaient plus. Que je vais pouvoir construire l'avenir.

Ce soir, j'ai joué au gin avec ma fille, nous nous sommes régalées de cheese cake. Il m'est apparu comme une évidence que l'homme que j'ai quitté il y a deux semaines parce que je ne l'aimais plus assez fait déjà partie de mon passé. Ma vie ne ressemble pas à celle que j'avais imaginée, je l'accepte, j'en suis même fière et surtout, curieuse de ce qui viendra.

Je sais bien que ma mère finira par mourir, que d'autres maladies nous affligeront, que les challenges professionnels abonderont, que je n'ai pas encore rencontré un autre homme qui pourrait me plaire et que je pourrais aimer.

Cependant, je me sens bien.

JE ME SENS BIEN...

Je me sens bien quand je prends mon petit déjeuner au lit, entourée de livres, journaux, téléphone et que je sais que je vais pouvoir y rester longtemps...

Je me sentais bien quand, petite, j'avais le droit de me coucher dans le lit de ma mère,

Je me sens bien quand j'ai envie de chanter et que personne n'est là pour me dire que c'est insupportable, parce que je chante trop faux, ou que tout le monde chante en même temps et qu'alors ma voix se fond dans l'ensemble...

Je me sens bien quand je sais que j'ai aidé une de mes filles à franchir une étape,

Je me sens bien quand j'ai franchi une étape,

Je me sens bien quand je suis exaltée,

Je me sens bien quand je raconte des histoires, à table entourée d'amis, et que je fais rire tout le monde,

Je me sens bien quand je ris,

Je me sens bien quand je me sens utile,

Je me sens bien quand je conduis, sur une route de campagne, fenêtre ouverte, cheveux au vent, musique qui hurle (cliché),

Je me sens bien quand je suis prise dans un livre et que je ne peux pas le reposer,

Je me sens bien quand j'ai une idée et que j'évalue si elle va être réalisable ou pas et que je sais bien de quel côté je vais faire pencher la balance,

Je me sens bien quand quelqu'un pour qui j'ai de l'estime me sollicite,

Je me sens bien quand mes cheveux « tombent bien »,

Je me sens bien quand les nouvelles sont bonnes,

Je me sens bien quand j'entends ma mère rire (c'est rare),

Je me sens bien quand je suis avec mon cousin Hervé que j'aime depuis l'enfance,

Je me sens bien quand je sens que je ne me suis pas trompée,

Je me sens bien dans ma maison,

Je me sens bien quand je fais mon marché à Alésia ou rue Daguerre, que tout rentre dans mon caddie, que je pose des fleurs bien calées sur le dessus, que je rentre à la maison préparer le déjeuner, et que tout cela ressemble à une image harmonieuse,

Je me sens bien quand mes voisins sont aimables,

Je me sens bien quand j'ai les moyens de m'offrir une œuvre dont je rêve (*Swimming pool by moonlight* de Charles Matton par exemple),

Je me sens bien quand il ne fait pas trop chaud ni trop froid,

Je me sens bien quand il fait froid et que je suis au chaud (dans une maison ou dans une fourrure),

Je me sens bien quand je cuisine,

Je me sens bien quand mes filles sont à la maison,

Je me sens plutôt bien quand je parle devant un auditoire,

Je me sens bien quand je découvre quelque chose de nouveau,

Je me sens très bien quand je rencontre une nouvelle personne qui va compter dans ma vie,

Je me sens bien quand j'allume une bougie ou un feu de cheminée,

Je me sens bien quand je me sens aimée,

Je me sens bien et fière quand je découvre que

je n'ai plus peur de quelque chose qui me faisait peur,

Je me sens bien quand je suis émue,

Je me sens bien quand je n'ai mal nulle part,

Je me sens bien quand j'écris.

PETIT DÉJ AU LIT

Le petit déjeuner, c'est mon repas préféré. Son nom déjà, « petit » déjeuner, est attendrissant. Et puis, ouvrir les yeux, se dire bonjour, aller faire pipi, voir quelle tête on a dans la glace, s'arranger les cheveux, enfiler sa robe de chambre, ouvrir les volets, regarder le temps qu'il fait.

Après, faire couler le café, sortir le plateau, disposer le grand bol, la petite cuillère, le sucre, le fromage, la confiture, une serviette, et pendant que l'odeur du café monte, faire griller les toasts. Quand tout est prêt, se remettre dans les draps chauds, tapoter les oreillers pour être à la bonne hauteur et s'installer confortablement pendant que la maison dort encore.

YIDDISH PRINCESS

Casserole Confite, Ridicule Donzelle, Mominette Évaporée (mon père), Natia (mon père), Ma Fille (ma mère), Chérie (ma mère), Maman (mes filles, le chien), Nathalie (ma mère, mes assistantes, des stagiaires, des gens que je ne connais pas et que j'ai envie de connaître, des gens que je ne connais pas et que je n'ai pas envie de connaître), Madame (ma femme de ménage, mon pédiatre), Chère Madame (la femme de mon pédiatre), Madame Rykiel (le menuisier, une nouvelle esthéticienne), Ma Chérie (tatie Françoise, tatie Janine, tatie Danièle), Na-Rachel (Muriel, ma tante qui confond avec sa fille), Ma Poule (Papi Fred), Darling (mon ex-mari), Buballah (mon ex-mari), Mon Titi Gentil (Pierre), Boubou, Ma Boubou (J.-M.), Agande (mon frère), Sœur (mon frère), Baby (mon frère), Ma Reine (Mathias, mon filleul), Dita (mon ordinateur), Chef (un ex-collaborateur), Patron (le même), Boss (une de mes assistantes), Salope (un type à qui j'ai fait une queue de poisson), Mademoiselle (un type sympa), Ma Mamounette (Tatiana), Mamounette Adorée Qui Me Manque Trop (Lola), Ma Maman Chérie d'Amour (Salomé), Vous ! (un ex, sexy), Sonia (un journaliste anxieux), Nat (je ne réponds pas), Nathalie Dearest (mon ex-belle-mère), La Tueuse (Hugues le Bars), La Chieuse (Véro), La Rykiel (Sophie Fontanel), Kyrielle (à l'école), Ma Mie (Ruth), Ma Très Belle (Marianne), Ma Nathalie (Dan), Ma Puce (Linda), Mon Gazon Maudit (Carole), Belle Héroïne (Anne Florence), Rykiel-Rose (les filles du *Elle*), Madame Rykiel Zarcate (de mon premier mariage), Madame Rykiel Burstein (avant de divorcer), Mademoiselle Rykiel (très chic, très actrice, sur les listes VIP), Rykiel Nathalie Dita (état civil), Ma Petite Crieuse…

RÉVÉRENCE

Mon Cousin d'Amour (Hervé, mon cousin), Ma Mère-Veille (maman), Papinouche (papa), Titi la carotte râpée (mon frère), J.-P. (mon frère), Frère (mon frère), Courageuse (mon ancienne voiture), Odette (mon GPS), Chers amis (bureau), Chers Tous (bureau, variante), Pierre (Pierre), Tatiouche, Tatiouchka (Tatiana), Mumu (Muriel), Danichette (tatie Danièle), Jacquot (Jacques M.), Vous (lui), Papi, Mamie (mes grands-parents), Chériff (J.-M.), Tatou (Patricia, ma cousine), Simoun (mon ex-mari), Darling (mon ex-mari), Ma Louloutte (Lola), Mimi, Miminouche (Salomé), Mon Adorée (Tatiana, Lola, Salomé), Ma Chérie (elles)…

ELLES

Elles m'ont tellement manqué. Je les regardais. En bande. Les meneuses, les suiveuses, le cercle joyeux, complice et invincible qu'elles évoquaient. Rien ne semblait leur résister. Ni les garçons, ni les sorties, ni les fâcheries. Je les observais, je les enviais. Après les cours je ne m'attardais pas, c'était triste d'être seule, je prenais mon cartable et je rentrais à la maison. L'autobus PC de la porte de Vanves à la porte d'Orléans, puis l'avenue du Général-Leclerc à pied. Je m'arrêtais devant chez Laura, le magasin de mes parents, je faisais coucou depuis le trottoir d'en face, jusqu'à ce qu'une retoucheuse ou une vendeuse me réponde d'un sourire ou d'un signe par la grande baie vitrée, puis je poursuivais jusqu'à la maison. Je faisais mes devoirs. Au lycée, Véronique, Françoise, Nina… Intimités fusionnelles, exclusives, successives mourant d'un même mouvement que les études.

Ensuite, immense vacuité des amitiés. Amours, mariages, maternités, famille, métier.

Je me suis concentrée… Sur le couple que je formais, émerveillée, avec mon mari. Sur mes enfants que, fascinée, j'élevais. Sur le travail auquel, autodidacte, je m'essayais.

Ma mère tentait de tout garder de moi, incluant mon mari, mes filles, dans son intérieur, son travail, son périmètre. J'étais sienne, les miens lui appartenaient donc aussi. Son cercle d'amis, de relations, m'englobait généreusement comme un tentacule fascinant, qui créait l'illusion d'être aussi mien. Mes tantes, presque des grandes sœurs, me servaient souvent de confidentes. Ma meilleure amie, c'était ma mère.

Je n'ai été que fille, longtemps, je l'étais encore quand je me suis mariée et que je suis devenue mère, totalement mère, avant de devenir, enfin, femme.

Femme… Femme qui se fait violence, qui combat ses peurs, qui ose. Femme qui décide, qui construit. Femme affranchie. Femme qui séduit. Femme qui existe. Femme, et toujours fille, bien sûr, épouse et mère. Femme parce que pleine de ce répertoire.

Femme, enfin.

Elles sont arrivées alors, une par une, doucement, années après années, mes précieuses.

Dire, tout se dire. Raconter, raconter en détail. Écouter, écouter longtemps. Partager, partager tout. Rire, hurler de rire. Accourir, accourir tout de suite. Pleurer, pleurer à deux. Consoler, consoler la nuit, le jour. Protéger, protéger contre tous. Expliquer, s'expliquer pourquoi. Réfléchir, réfléchir comment. Grandir, grandir ensemble. S'embrasser, se dire qu'on s'aime. Découvrir, se réjouir, se soutenir. Le monde, un talent, un livre, un nouvel ami, un succès, un nouveau jean, un enfant reçu à ses examens, un mari qui s'absente un peu trop, des hormones qui fluctuent, une mère ou un père malade, des ados qui quittent la maison, une épreuve au boulot, un amant, un plaisir, une adresse, un gâteau…

Les déjeuners, les confidences, les téléphones, longuement le soir, moments chuchotés à demimot parfois, volés aux enfants, aux maris, parce que ça ne peut pas attendre.

Mes sœurs sans sang, sans parents, sans enfance partagée.

Mes sœurs femmes, nous nous sommes choisies…

ELLE

Ça a commencé sur une plage en Grèce. Nous avions loué, sans nous connaître, les maisons voisines. La tienne était plus grande et tu la partageais avec une famille amie. Nos maris ont sympathisé, nos enfants aussi. Nous nous retrouvions le matin sur la petite crique devant les maisons et à l'heure de l'apéro. Ton mari nous emmenait sur son bateau faire de grandes balades en mer, j'avais peur, il pilotait trop vite. Toi, tu marchais beaucoup. Tu partais, le matin, accompagnée de ton amie, en petit deux-pièces et baskets. Crémée de la tête aux pieds, cheveux défaits, chapeautée, lunettée, sourire, pas arrangée, tu étais encore plus belle. De cette beauté éclatante qui est la tienne, de cette évidence, je me suis arrangée. Simplement. Tu es plus grande, plus mince, tes cheveux sont plus longs, tes jambes aussi, tu es plus jeune de dix années, et rien de tout cela ne m'encombre.

Vous réapparaissiez en général deux heures plus tard. Ça me fascinait de voir le plaisir que tu prenais à marcher, moi qui déteste ça. Je restais alanguie sur la plage, à l'ombre, avec mon bouquin, curieuse des conversations qui devaient rythmer vos marches, envieuse de vos corps musclés, vaguement jalouse de votre amitié. Joli été, légèreté. À Paris, nous ne nous sommes pas revues. Autres vies, autres cercles. Un peu rive droite, rive gauche. Une fois, tu m'appelles, nous déjeunons. C'est sympathique, mais nous sommes vraiment très différentes. Je te sens froide, retenue, pudique, légère. Tu ne travailles pas, tu ne cherches pas à t'en excuser. Tu ne te sens pas coupable. De rien. De cela, j'apprendrai beaucoup de toi. Du temps passe, je ne te rappelle pas. Pourtant, tu m'as témoigné de l'intérêt.

Deux années plus tard, tu quittes ton mari, et, quelques mois après, je quitte le mien. C'est probablement à ces brisures que nous devrons nos retrouvailles. Horloge des amours et des amitiés. Précision des hasards. Chassés-croisés de tous les perdus aussi, de tous les pas aimés. Les similitudes et les différences, les attirances, l'intérêt, les intérêts, toutes les bonnes raisons ne suffisent pas à transformer une rencontre en histoire. Il faut que ce soit le moment. Ce fut le nôtre. C'est ainsi que nos ressemblances sont devenues évidences, que nos différences qui me semblaient lointaines étrangetés sont devenues richesses.

Cette fois, c'est moi qui t'appelle, j'ai appris que tu connais un homme que je viens de rencontrer, je souhaite en savoir plus sur lui. Nous déjeunons. Tu le connais à peine, suffisamment pour me conseiller de m'en méfier. Je n'écouterai pas, bien sûr. Mais tu me racontes celui dont tu viens de t'éprendre. Je découvre que tu es passionnée, et aussi tes folies, tes souffrances. Je ne savais pas que tu avais deviné les miennes… Est-ce ce nouveau statut de femmes seules, sans protection masculine sociale, cette indépendance, excitante et inquiétante, le souci de nos enfants, de l'amour, du demain, la peur de ce précipice vertigineux ouvert, la gourmandise de notre devenir ? Nous quêterons dorénavant ensemble.

Nous lisons toutes deux beaucoup, mais pas les mêmes livres. Tu ne pars jamais sans ton Marcel et ton Paul. Moi, je charge mes sacs de tous les romans possibles, américains, français, italiens, japonais… Nous avons vaguement essayé de troquer nos lectures, mais la saveur de Proust et de Valéry, comme celle des romans que je te propose, garde une résonance particulière pour chacune que nous ne partageons pas. Tu es opéra et moi cinéma. Tu pars au bout du monde sans jamais enregistrer un bagage, mais tu attends patiemment que je récupère les miens. Tu fomentes des plans de vie à long terme, tu échafaudes des hypothèses, tu tisses patiemment ta toile, je suis dans l'impatience qui me fait déchirer constamment la mienne et préférer agir sans attendre. Toi la raisonnable, la raisonneuse, tu te rues sur le premier horoscope, tu visites les voyantes et les numérologues qui me font pouffer. Tu es si grande que je t'interdis les talons quand nous sortons ensemble, alors, à chaque anniversaire, tu m'offres des stilettos de douze centimètres de haut. Tu incendies les hommes de regards sans rien leur dire de tes désirs, je conjure les miens de m'aimer. Nous faisons des bacchanales de gâteaux au fromage light. Plus une célébration, une consolation, sans notre dessert préféré. Nous sommes allées à Évian, avons dansé à Paros, bronzé à Antiparos, nagé à Trancoso, marché à la campagne, skié à la montagne, réveillonné à Paris. Avec enfants et sans enfants. Partout, nous nous sommes moquées, des autres, mais surtout de nous. Dans toutes les situations, tu vois le positif. Quand je te désapprouve, je ne te le cache pas. Tu te réjouis de mes bonheurs et je console tes chagrins. Nous avançons, l'une avec l'autre et avec tous les autres, amis, amours, enfants, devenus aussi amis. Nos manques, nos failles, nos gouffres, nous les connaissons, nous les combattons, à deux. Nous n'amenuisons ni nos charmes ni nos qualités, nous ne nous éteignons pas l'une l'autre, telles des loupes, nous nous magnifions. Tu ne veux que mon bien. Et quand tu m'invites à dîner, quels que soient les invités, le mal que tu t'es donné, l'envie que tu as de ma présence, tu me dis toujours : « Tu verras bien si tu as envie. » C'est cette petite chose-là que je préfère en toi, je crois.

SOUNDS OF MY LIFE

Pompiers, Samu
Hurlements d'un voisin ivre, les soirs d'été, au bout de l'allée
Hochets, bracelets qui s'entrechoquent
Rire de Lola
Hello de Simon rentrant le soir à la maison
Grillons à Porquerolles
Métronomes des leçons de piano
Chattes en chaleur, la nuit
Salomé qui chante
Pluie dehors quand je suis au lit, bien au chaud
Frappe du marteau lors d'une vente aux enchères
La voix profonde et grave de Tatiana
Sonnettes des vélos à Ars-en-Ré
Mon portable quand tu m'appelles
Le coucou rose qui chante les heures dans la cuisine
Ne me quitte pas, par Nina Simone.

COUR DE RÉCRÉATION

J'ai cinq ans. Je suis à l'école, dans la cour de récréation, les autres jouent. Je suis seule, assise sur un banc, et je ne comprends pas. C'est exactement comme ça que ça me revient. Un sale goût dans la bouche, aussi. Ce sentiment d'incompréhension, assez… total. Des mots qui tournent dans ma tête et me reviennent, les mêmes, aujourd'hui. « Pourquoi dans ma famille ? », « On était bien », « Pourquoi ça m'arrive, à moi ? », « Un frère aveugle ? » Bizarre comme réaction, déjà, parce que, le moins que l'on puisse dire, c'est que ça n'est pas à moi que ça arrive, mais à lui, mon frère. Mais c'est comme ça que je m'en souviens.

Je me souviens aussi que je retourne sans arrêt dans ma tête la seule scène que mes parents m'ont racontée. « Tu sais qu'on s'est rendu compte que Jean-Philippe ne suivait pas des yeux les mouvements comme tout bébé de trois mois le fait normalement. Alors on est allés voir LE MEILLEUR SPÉCIALISTE des yeux, il a examiné Jean-Philippe pendant DES HEURES ET DES HEURES, et puis il a LAISSÉ TOMBER PAR TERRE TOUS SES INSTRUMENTS, ça a fait UN BRUIT TERRIBLE, et il a dit que ton petit frère NE VERRA JAMAIS. »

Je me souviens du bruit terrible que je n'ai jamais entendu, le bruit terrible qu'ont fait les instruments en tombant par terre, ce bruit terrible qui veut dire quoi ? Que c'est un gentil médecin, qu'il a de l'empathie, qu'il a fait tout ce qu'il peut, ou qu'il ne peut rien faire et qu'il est désolé ? Désolé et gentil au point de casser tous ses instruments, sûrement des instruments très chers, très utiles, dans les circonstances, très inutiles aussi ? Un grand spécialiste, sûrement le meilleur, le meilleur de tous à n'en pas douter. Qu'est-ce que ça peut me faire qu'il ait jeté ses instruments inutiles par terre ? Est-ce que ça va changer quelque chose ? Est-ce que c'est censé adoucir la catastrophe ? Pourquoi m'ont-ils dit qu'il a jeté ses instruments par terre ? Et le bruit que ça a fait ? Ce que j'aurais préféré savoir, tant qu'à faire, c'est s'il portait une blouse blanche quand il l'a examiné. Mais je n'ai pas posé la question. Parce que moi, j'ai toujours imaginé la scène comme ça : cet homme en blouse blanche examine mon petit frère blotti dans les bras de ma mère. Mon père est assis sur une chaise à côté, mais légèrement en retrait, le haut du corps tendu vers l'avant, toute sa cérébralité à l'affût, prête à comprendre, analyser, disséquer le diagnostic, et tout le bas du corps à partir du cœur, l'endroit des émotions, en arrière, courbé, se protégeant, anticipant déjà…

Je déteste les couveuses. C'est dans ces petits coffres transparents que l'on garde les bébés au chaud et protégés de l'extérieur lorsqu'ils naissent avant terme et ne sont pas tout à fait finis. In-fini, mon frère est infini, né après sept mois de grossesse, on le met donc bien au chaud dans cette boîte à peine sorti du ventre de ma mère. Et puis, comme ma mère a accouché dans une clinique, on le transporte en ambulance (bien protégé dans sa couveuse) dans un service hospitalier pour grands prématurés. Mon père l'accompagne, pin-pon pin-pon, j'entends le bruit.

C'est le premier garçon, ma mère est fière d'avoir réussi cela. Dans la famille, il n'y a que des filles. Elle, l'aînée, ses quatre sœurs, puis moi, la première petite-fille, puis ma cousine

Patricia, puis quatre fausses couches pour ma mère (un peu ma faute peut-être, j'ai mis quarante-huit heures à me sortir d'elle). Alors, elle est restée sept mois allongée pour cette sixième grossesse, on lui a ligaturé les trompes, elle ne doit pas bouger, il n'est pas question qu'elle perde cet enfant-là. Quand mon frère infini est né, un fils, ils l'appellent Jean-Philippe, Alexandre, Stéphane, Marc, les prénoms de mes oncles, et puis trois mois après, le meilleur spécialiste dit qu'il ne verra jamais, parce qu'on a mal dosé l'oxygène dans la couveuse, et que ça lui a brûlé les yeux…

Je déteste les hochets. Il y a des trucs visuels dans les hochets et puis aussi des trucs sonores pour amuser les bébés. Sauf que mon frère, les trucs visuels, ça n'est pas trop pour lui, alors les hochets il les agite constamment, vraiment sans cesse, jour et nuit, pour faire le plus de bruit possible. Ça me rend dingue, parce qu'on partage la même chambre et que je n'ai qu'une envie, lui enlever son foutu hochet pour pouvoir dormir. Mais c'est nul de ma part, je le sens bien, alors je ne le fais pas.

Maman décrète, et toute la famille suit, que Jean-Philippe est le Petit Prince. Il a des boucles blondes, il est mince, très mignon et c'est bien le minimum. Papa décide qu'il faut l'élever comme les autres. Jean-Philippe nage, skie, fait du patin à glace, du cheval, poursuit ses études dans un lycée de voyants. Mon père nage-skie-patine-monte à cheval et lit le braille. Il teste avant lui et rend tout possible, surtout ce qui ne l'est a priori pas. Très tôt, mon frère se révèle brillant musicien. Dès qu'ils arrivent quelque part, chez des amis, à l'hôtel, n'importe où, mon père s'inquiète de savoir s'il y a un

piano. Dans ce cas, il encourage Jean-Philippe, l'installe, si petit devant l'énorme instrument, et invite tous ceux qui sont présents à venir écouter son fils. Le grand homme brun, barbu, intellectuel et charismatique et le Petit Prince blond, bouclé, si doué et qui ne voit pas, fascinent tous les auditoires. Ma mère, rousse, est plus que belle, elle a une allure incroyable. Elle porte les tailleurs de jersey (noirs) tout près du corps qu'elle vient juste d'inventer et beaucoup de bracelets qui tintent comme des hochets dès qu'elle bouge. Jean-Philippe se balance tout le temps d'avant en arrière, probablement un tic lié à une recherche d'équilibre. Il est assez nerveux. Nous nous entendons bien, je le chatouille, lui raconte mes histoires d'aînée, il m'admire et je le protège, comme il se doit.

Ma mère est brisée mais se tient droite. Mon père fait l'admiration de tous. Il est fou de ma mère qui, très vite, ne l'aime plus que comme un ami.

Beaucoup de choses se jouent à ce moment-là, dans leur couple qui ne va plus. Quand ils divorcent finalement, mon père est néanmoins tous les jours à la maison pour surveiller les devoirs de Jean-Philippe, il reste souvent dîner là, le soir. Il m'aime certainement mais il y a peu de place pour moi, dans ce triangle-là.

Je n'étais pas malheureuse, pas heureuse non plus, il n'y a pas de mot…

NOYAU

On passait les mois de juillet à Combs-La-Ville. C'était à trente kilomètres de Paris, la campagne à l'époque. La maison de mon enfance, qui appartenait à mes grands-parents maternels, était entièrement recouverte de vigne vierge.

Confiés à la garde de tatie Janine, la deuxième sœur de ma mère, seule adulte de la famille qui ne travaillait pas en juillet, nous étions « forcés » de jouer avec nos cousins, ses trois enfants. Je pouvais facilement commander Patricia, ma cadette de deux ans. Un de mes plus grands plaisirs était de la chatouiller jusqu'à ce qu'elle s'étouffe de rire, et attendre ensuite jusqu'à l'extrême, la limite, pour qu'elle ne suffoque pas vraiment. Il fallait qu'elle me supplie plusieurs fois, pouce, pour que je renonce. On jouait à la marchande, ou bien à s'élancer à tour de rôle le plus haut possible (moi plus qu'elle) sur l'unique balançoire au fond du jardin. On ramassait aussi les petites fraises des bois sauvages, les groseilles à maquereau, on comptait les points noirs sur les coccinelles, on courait après les papillons, on dénichait des trèfles à quatre feuilles et, le soir, à la fraîche, on aidait à arroser les massifs où mamie Fanny avait planté ses pétunias. Quelques fatidiques devoirs de vacances, et c'était tout. Isabelle, la petite, était un peu seule, personne ne jouait vraiment avec elle. Il y avait seulement une année de différence entre Jean-Philippe et Frédéric, le frère de Patricia et d'Isabelle, et une complicité tranquille liait mon frère et son cousin.

Tout était assez joyeux, enfantin, familial, et ressemblait certainement à une jolie image. Pourtant, je me sentais abandonnée.

Mes parents téléphonaient tous les jours et venaient nous voir aussi souvent qu'ils le pouvaient, je savais bien que cette béance de juillet serait suivie d'août, où nous ne les quitterions pas.

Environ un jour sur trois, ils abandonnaient Paris pour venir passer la soirée à la campagne avec nous. Ces jours-là, j'attendais toute la journée

le coup de téléphone de ma mère vers 19 heures. C'était le moment où je me sentais enfin vivre. « Nous partons maintenant, dans moins d'une heure ce sera bon. Surtout, fais bien attention. » Alors, le délicieux compte à rebours commençait et je courais prévenir mon frère : « On part dans vingt minutes ! »

Je devais avoir onze ans et j'avais obtenu de mes parents l'autorisation exceptionnelle de venir à leur rencontre avec Jean-Philippe. C'était assez loin, plusieurs kilomètres, il fallait traverser tout le village puis la grande route et ils m'avaient fixé quelques règles.

Prévenir tatie Janine avant de partir, marcher toujours face aux voitures en gardant Jean-Philippe à ma gauche. Et nous partions, sa petite main solidement accrochée à la mienne, juste tous les deux. Jamais mes cousins n'ont demandé à nous accompagner et, de toute façon, je n'aurais pas accepté.

Ces moments n'appartenaient qu'à nous deux…

J'étais fière et lui tenais la main, sans la lâcher jamais. Quand enfin nous arrivions après le grand virage au bord de la route nationale, là où les champs de blé et les anémones se mélangeaient, nous cueillions des bouquets pour maman en attendant le signal.

Le signal c'était les onze coups de Klaxon joyeux, rythmés sur l'air de *Let's go* des Routers, qui annonçait en même temps pour Jean-Philippe et moi, avant que je ne l'aperçoive, la petite Austin noire…

Récupérer mes parents, sentir leur odeur, retrouver leurs gestes et leurs bruits. M'imbiber d'eux, recréer le petit noyau serré à quatre, dans la voiture pendant quelques kilomètres, quelques minutes. Leur résumer la journée, entendre la leur, puis se répandre dans la maison, dans la famille. Les laisser repartir le lendemain matin…

FEU MON GRAND-PÈRE

Feu mon grand-père est mort dans le feu. On n'en parle jamais dans la famille parce que c'est insupportable. C'était au mois d'août, mon oncle Jacques et ma tante Janine avaient loué une maison dans le Sud, pour partir avec leurs enfants et petits-enfants en vacances.

Ma grand-mère était morte depuis plusieurs années et, de toute la famille, c'étaient eux qui se chargeaient le plus volontiers d'emmener mon grand-père en vacances. Ils s'entendaient bien. Alfred était né en Roumanie et arrivé en France à l'âge de deux ans puis, plus tard, s'était fait naturaliser. Il avait pratiqué les professions d'horloger et de représentant de commerce, selon les périodes de sa vie. Il avait rencontré ma grand-mère Fanny à l'école de la rue Trousseau, dans le XIe arrondissement de Paris, était tout de suite tombé amoureux d'elle et l'avait poursuivie de ses assiduités. Elle l'avait laissé faire et il avait fini par l'épouser. C'est l'histoire familiale.

Ils ont eu cinq filles : Sonia, ma mère ; puis Janine, que j'ai toujours connue blonde et qui a réalisé son rêve en créant un institut de danse réputé ; Françoise, la troisième, ma tante blonde et secrète au beau visage toujours un peu préoccupé, qui est devenue ethnologue ; Danièle, la quatrième, cheveux châtains frisés, à vingt ans une allure d'actrice italienne mâtinée d'Anna Karina, la plus bohème, a écrit des chansons, gratté la guitare, flirté avec l'écriture, couru les brocantes, dévoré livres et films et, après avoir été costumière de cinéma, est devenue directrice des accessoires chez Rykiel ; enfin Muriel, la dernière, rousse comme ma mère. Le grand écart d'âge entre elles et peut-être la couleur de leurs cheveux l'ont longtemps conduite à penser qu'elle était – aurait dû être – sa fille. Elle est psychiatre.

Mes grands-parents, surtout mon grand-père, désiraient absolument un fils. À chaque naissance suivant celle de ma mère, ils s'exclamaient (légende familiale) : « Encore une ! » Ma grand-mère était l'une des femmes les plus vivantes que j'ai connues. Elle parlait beaucoup, sa voix était mélodieuse et elle chantonnait souvent. Elle était blonde, élégante, assez impudique, très coquette. Je me souviens qu'elle avait toujours un bâton de rouge à lèvres dans son sac, il lui servait aussi de blush. Elle portait L'Air du Temps, de Nina Ricci, c'était son parfum, je ne lui en ai pas connu d'autre. Soir et matin, dans sa salle de bains, elle se frapottait les pommettes avec une sorte de petite tapette qui lui faisait monter le sang aux joues et lui donnait bonne mine. Elle était toujours contente, arrangeante, de bonne humeur. Elle mélangeait sans arrêt les prénoms de ses filles, et l'on mettait quelques instants à comprendre à qui elle s'adressait. Cela donnait : « Mudafrançjannnnsonia ! » ou « Françdansonnnnnnjan-muriel ! Dannnnnnnso-françoise ! »

J'ai hérité de ce petit dysfonctionnement de mère de famille nombreuse. De sa coquetterie, également. De son impudeur, un peu. De sa gaîté, parfois.

Papi Fred était un homme calme, qui avait probablement choisi le silence comme seul moyen de se faire entendre dans la maison où régnaient sa femme et ses cinq filles. Il marmonnait plus qu'il ne parlait. C'était l'homme de la famille et, en toutes choses, il prenait son temps. Par son rythme également, il marquait son territoire. À table, il coinçait sa serviette entre deux boutons de sa chemise, repliait un genou sur sa chaise, se versait un verre de vin, puis prenait des heures pour manger. Après, il faisait la sieste. Il adorait le radis noir et, pour lui faire plaisir, on lui apportait du radis noir. Il épluchait soigneusement la peau du tubercule, puis le découpait sur une plaque en bois, beurrait ensuite chaque tranche et versait une pincée de sel dessus. Il portait des pantalons de velours côtelé marron, des chemises à carreaux et, le plus souvent, une veste en maille de couleur foncée. Il était affectueux. Il était lointain. Il m'appelait « ma poule ».

Ils sont partis en vacances cet été-là, août 1993, dans cette maison-là. Une maison de location, pas bien entretenue. Avec un Frigidaire qui disjonctait et créait des courts-circuits. Il y avait Jacques et Janine, leur fille Patricia avec Éric, son compagnon, et leurs enfants Mathias et Jérémie, qui était bébé ; il y avait aussi mes cousins Isabelle et Frédéric. Et papi Fred.

Une nuit, à cause du Frigidaire et d'un nouveau court-circuit, la maison a pris feu. Ils se sont réveillés les uns après les autres et sont sortis en hurlant et en courant. La maison est devenue un brasier en quelques minutes. Éric a couru dans la chambre du fond pour extraire le bébé de son berceau. Mon grand-père dormait profondément dans la chambre du haut, on ne pouvait pas monter, l'escalier s'était effondré.

On espère qu'il ne s'est pas réveillé. Il n'a pas pu se réveiller. Il ne s'est pas réveillé…

On n'en parle jamais dans la famille, parce que c'est insupportable.

CINQ

Janine, Danièle, Françoise, Sonia, Muriel, combien de fois ai-je entendu ma grand-mère, mamie Fanny, s'emmêler dans les noms de ses cinq filles ? Combien de fois ai-je entendu mes tantes et ma mère confondre elles-mêmes leurs pré-

noms, jusqu'à perdre les pédales dans les dédales de leurs syllabes ?

Combien de poupées russes, de soldats de plomb, de bougies et autres colifichets ai-je chinés, collectionnés par cinq, toujours par cinq (s'il en manquait un, ils cessaient immédiatement de m'hypnotiser), comme les doigts d'une main indestructible ?

Et puis, Janine meurt. Elle était la deuxième.

Le poignet s'affaisse, les lignes dans la paume se brisent, la peau se chiffonne, des taches constellent le dos, les interstices entre les phalanges se creusent, les doigts se recroquevillent et la main, amputée de son index, commence à trembler…

SAM, MON PÈRE

Un dimanche, c'était une fin d'après-midi, dans la DS blanche, tous les quatre, nous revenions de la campagne. Il faisait beau. Sur la route, des embouteillages. Léger accrochage.

Le type, immense, agressif, menaçant, sort de sa voiture, se dirige vers toi, ta fenêtre est grande ouverte, ton bras dépasse. Je hurle : « Laissez mon père, mon frère est aveugle ! »

Tu te retournes et me décroches la tête d'une énorme gifle.

« Jamais, ne te sers jamais de la cécité de ton frère. »

Dans la voiture, ni maman ni Jean-Philippe ne bougent.

Le type s'en va…

Autre dimanche, un matin, nous allons à la fête de l'Huma.

Impossible de se garer à moins de plusieurs

kilomètres. Je demande au gardien du parking complet : « Vous n'auriez pas une place pour nous, mon frère ne voit pas ? » Autre claque.

Après, j'ai compris.

Maman était partie. Créer ses pull-overs à Venise, ou avec son amant ? Nous, on restait à la maison avec toi.

Je me rappelle très bien, c'était la rentrée des classes. J'entrais en cinquième. J'avais la liste des fournitures réclamées par l'école et c'était Muriel, la plus jeune sœur de ma mère, qui devait m'accompagner. Nous avons passé la journée aux Galeries Lafayette, je crois, à tout acheter, tout cocher soigneusement. Pour le cours de chimie, on demandait une blouse en coton blanc. Impossible à dénicher. Finalement, celle qui a échoué dans le sac était en Nylon rose.

Retour à la maison. Le soir, je te montre mes achats. Quand tu découvres la blouse non conforme, tu deviens fou de colère, me gifles, me prives de dessert, m'envoies dans ma chambre.

Je ne savais pas que j'avais un papa malheureux…

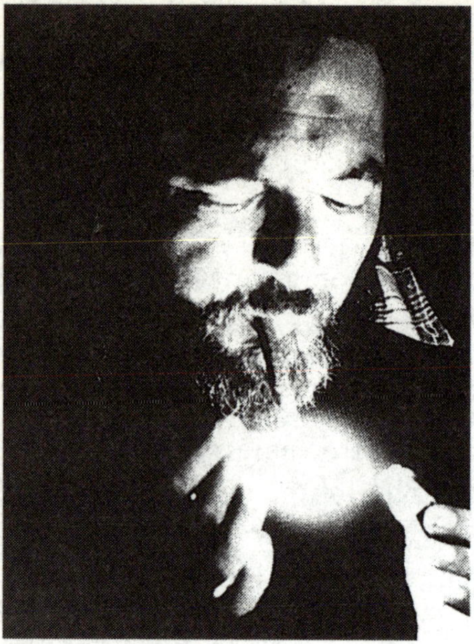

Ah, Papa, où es-tu ?

Est-ce que tu n'es plus rien, rien que ce que tu m'as laissé ?

Est-ce que tu es tout, tout ce que tu m'as laissé ?

Quand tu es tombé d'un rocher à la Croix-Valmer, tu t'es cassé le bras, j'étais petite, j'avais quatre ans.Quand tu t'es affaissé un matin sous la douche, maman affolée a appelé les urgences, c'était grave, on a fait des examens, cette ponction lombaire et puis cette opération… Trépané, ça s'appelle trépané. J'ai eu la permission de venir te voir après. J'avais neuf ou dix ans, tu étais entièrement rasé, un énorme bandage sur la tête. Après, on t'a interdit les cigarettes, l'alcool, la plongée, le soleil.

Tu as continué à fumer. Tu t'en foutais peut-être un peu, maman t'avait quitté…

Et ces vacances en Camargue, tu nous emmenais Jean-Philippe et moi à la Toussaint monter à cheval, écouter les gitans aux Saintes-Maries-de-la-Mer,

Tous ces mercredis, nous allions déjeuner rue du Docteur-Blanche, chez papi Bernard et mamie Marie, tu m'achetais un magazine,

Ces parties d'échecs, tu insistais pour que j'utilise le pendule,

Ces soirées cinéma, nous retournions voir le même film quand nous l'aimions,

Ce restaurant chinois, la Paillotte d'Or, rue de la Montagne-Sainte-Geneviève,

Et le festival de Tabarka, tu draguais des filles, les hommes commençaient à me regarder,

Didier, Marc, vingt ans de moins que toi, tes amis,

Cette femme, Jacqueline, ton amie, je crois,

Vous êtes prié d'assister aux Convoi, Service et Inhumation de

Monsieur Sam RYKIEL

décédé le 6 Mars 1976, à l'âge de 48 ans, à Paris-10e.

Qui se feront le **Mercredi 10 Mars.**

On se réunira à la Porte Principale du Cimetière de BAGNEUX Parisien
à 14 heures 15

De la part de :

Monsieur et Madame Bernard RYKIEL, ses parents ;
Madame Sonia RYKIEL son épouse ;
Nathalie et Jean-Philippe RYKIEL, ses enfants ;
Monsieur Jacques RYKIEL, son frère ;
Et de toute la famille.

NI FLEURS, NI COURONNES

L'Inhumation aura lieu dans la sépulture de famille

34, Rue du Docteur Blanche - 75016 PARIS

Pompes Funèbres Jacques BANATEANU, 122, Av. Marx-Dormoy, Montrouge. Tél. 656-74-74

Ce jour où, rentrant de l'école, je t'ai demandé ce que signifiait « tupain », tu m'as forcée à chercher dans le dictionnaire, pour me suggérer enfin, au bout de dix minutes, de regarder à « putain »,

Ton chien Prof, pour « professeur de mathématiques »,

Tes djellabas blanches, tes lunettes,

Ta montre dans mon tiroir,

Tes photos que j'ai classées,

Ton Leica que je regarde,

Ton portrait que j'ai fait peindre,

Ella Fitzgerald que j'écoute toujours avec toi,

Et tes petites-filles que tu n'as pas connues, ni mes amours, ni ma maison, ni mes amis, ni qui je suis maintenant, non plus qui j'étais il y a dix ans, il y a vingt ans, il y a trente ans…

MAMAN

Maman, toi.

Je t'ai vue faire tellement de choses.

Je t'ai vue faire un tas de choses dont la plus dégoûtante était de plonger ton doigt dans un gâteau au chocolat pour le goûter. Je t'ai vue aussi manger la croûte du pain dans les plus grands restaurants et laisser la mie. Je t'ai vue mentir avec un aplomb incroyable !

Je t'ai vue saluer des gens qui te parlaient et me demander ensuite : « C'est qui, celle-là ? »

Je t'ai vue trouver géniaux des gens qui n'étaient que puissants et détester des gens parce qu'ils ne te plaisaient pas.

Je t'ai vue avancer coûte que coûte et laisser loin derrière ceux qui ne te suivaient pas.

Je t'ai vue séduire tellement d'hommes et j'en ai connu qui ne s'en sont pas remis.

Je t'ai vue si comblée d'être grand-mère !

Je t'ai vue n'écouter que ton instinct et protéger envers et contre tout ta famille.

Je t'ai vue généreuse, toujours.

Je t'ai vue provoquer et surveiller les dégâts…

Je t'ai vue excentrique, et cultiver cela.

Je t'ai vue rire, jamais assez souvent.

Je t'ai vue te regarder.

Je t'ai vue draguer mes amies pour les faire tiennes et même leur proposer des « cours de mystère » !

Je t'ai vue quand tu es fausse et je vois que tu es vraie.

Je t'ai vue me faire croire que j'étais la personne qui compte le plus au monde… et faire exactement pareil avec Jean-Philippe.

Je t'ai vue prendre des gens ce qu'il te fallait, et laisser le reste.

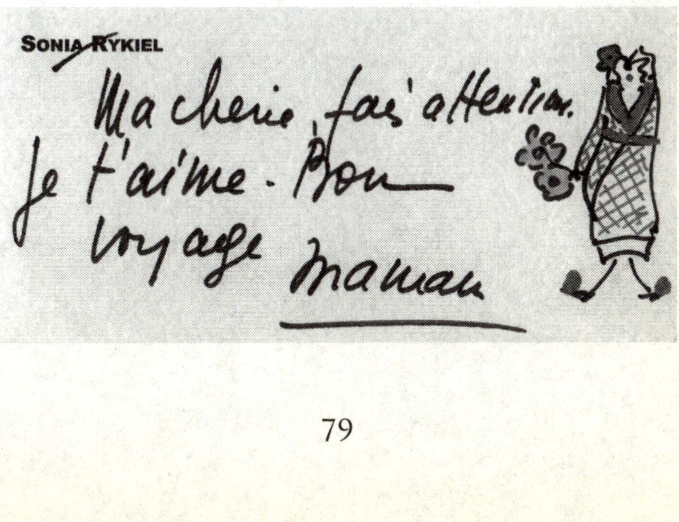

Je t'ai vue refuser des conseils et accepter des bêtises.

Je t'ai vue reine du monde et pourtant insécure, comme une enfant fragile, douter de tout et surtout de toi.

Je t'ai vue inventer un tas de choses mais surtout ta vie. Je t'ai vue la vivre sans jamais rien sacrifier.

Je t'ai vue vieillir et haïr cela.

Je t'ai vue trembler sans jamais vaciller.

Je te vois m'aimer et être là, pour moi…

CULTE

À lui, je confie tout. Il entend tout. Il est mon messager, mon pigeon voyageur, mon lien fidèle. Il va là où je vais. Ma voiture, mon bureau, les cafés où je m'attarde, les chambres d'hôtel où parfois je m'égare, les poches de mes jeans et tous mes sacs à main. Il dort près de moi, m'accompagne au cinéma, en week-end, en vacances. J'ai inventé pour lui des codes secrets et je tremble à l'idée qu'ils soient découverts. Il est beau, en tout cas, il me plaît et je le choie. Je le protège, je l'habille, je le sonorise, je le customise, je lui offre des sacs, des étuis, des bijoux et il me le rend bien.

Quand je suis occupée, il répond pour moi, quand je me repose, il veille, quand je craque, il vibre. Il me protège des importuns, me prévient quand mes filles me cherchent, quand mes amis m'attendent. Il m'écrit des mots doux, me susurre tes mots d'amour quand tu n'es pas là.

Je ne peux me passer de lui, il est ma plus intime addiction. À force, il porte le même parfum que moi…

SUR LES FESSES...

J'étais en vacances en Grèce avec mon amoureux. Début août et avant de quitter Paris, nous étions allés, le temps d'un court week-end, embrasser ma mère qui se reposait dans sa maison de campagne. Je l'avais trouvée fatiguée, défaite, mais belle, comme si son visage prenait une intensité plus forte au fur et à mesure que son corps se recroquevillait. Je supportais mal la tristesse que me causaient ces derniers mois ses petits moments d'absence où, la tête penchée et les yeux perdus dans le vague, elle s'affaissait de plus en plus souvent.

Elle nous avait fait la démonstration hilarante de sa dernière trouvaille : ne pouvant s'appuyer sur ses jambes et plutôt que de changer de chambre, elle se mettait soir et matin sur les fesses pour monter et descendre les deux escaliers étroits qui conduisaient à la sienne. Après nous avoir convoqués pour assister au cérémonial, elle noua majestueusement les deux pans de sa longue veste noire autour des hanches pour éviter qu'ils ne se prennent dans son pantalon large et fleuri, trop long. Portable en poche, sac, livres et béquilles entre les mains de son chevalier servant et public (nous) à ses pieds, ma mère de soixante-dix-huit ans se soulevait de marche en marche à l'aide de ses bras, dévalant comme une enfant l'escalier de sa vie, dans le sens inverse.

C'était à la fois comique et terrible, mais elle riait, ma petite mère, du bon tour qu'elle jouait en faisant de cette infirmité une nouvelle scène de théâtre. Non, décidément, elle ne renoncerait à rien. Ses pantalons trop larges, ses talons compensés trop hauts, ses sacs trop pesants qu'elle continuait de porter en bandoulière, sa chambre tour d'ivoire. Même si la vieillesse et la maladie la diminuaient, elle resterait sur ses hauteurs. Descendre de son piédestal, s'adoucir un peu la vie, consentir quelques aménagements à ses difficultés reviendrait à accepter l'idée de disparaître un jour. Elle détestait ce qu'elle devenait et ne cédait aucun terrain.

De Grèce, comme de partout quand je voyage, je lui téléphonais tous les jours, soir et matin. Quelquefois, ça allait, le plus souvent, pas. Je savais tout de suite, au nombre de secondes qu'il lui fallait pour attraper son portable dans sa poche et en ouvrir le clapet, puis au timbre de son « allô », dans quel état elle se trouvait.

Ce soir-là, elle souffre, il fait trop chaud, elle comprend qu'elle n'ira plus de mieux en mieux, elle est découragée. J'essaye de la réconforter, j'évoque platement qu'il y a pire et qu'elle est quand même privilégiée dans sa vieillesse, dans sa maladie, dans ce qui est devenu son désespoir. Inutile d'argumenter qu'elle est bien soignée, que son mal n'évolue pas si vite, qu'elle est simplement, comme nous tous, mortelle. Elle ne m'entend pas.

Je me dis alors que lui rappeler sa sororie, ses amours, ses enfants, son entourage va diminuer sinon ses souffrances, du moins le sentiment d'isolement qui les accompagne.

« Tu es très entourée, regarde, tes trois sœurs, ta fille, ton fils, tes trois petites-filles, tes amoureux qui, tous, t'adorent ! Tu peux appeler l'une, puis l'autre, recommencer avec la première, passer à la deuxième, te plaindre à la quatrième, embêter un de tes hommes, on est tous là ! Moi, maman, quand je serai vieille, qui veillera sur moi ? Mes filles, et mon homme peut-être, c'est tout. »

Elle m'écoute attentivement, je sens que je l'ai touchée enfin, qu'elle réalise tout de même l'immensité de l'attention et de l'affection qui l'entourent.

Réconfortée, joyeuse, elle éclate de rire après ma démonstration et, sans vraiment réaliser ce qu'elle dit, le plus sérieusement du monde, me répond : « Moi aussi, chérie, je serai là quand tu seras vieille. » Un silence. « Enfin, j'espère ! »

LAZY SUSAN

Connaissez-vous ces plateaux en bois pivotants que l'on installe au centre d'une table ronde et sur lesquels on dispose la nourriture ? Chaque convive se sert, à tour de rôle, faisant tourner le plateau pour amener devant lui celui des plats qui le tente. On a traité de paresseuse la maîtresse de maison qui l'a créé, une certaine Susan. Moi, je la trouve ingénieuse. Son invention m'évoque tout ce que l'on offre à ses enfants en essayant de les éduquer. Sur le plateau familial central, on présente des soupières d'amour, des saladiers d'intelligence, des plats de tolérance, des ramequins de courage, des saucières de respect, des salières de paix intérieure, des poivrières de sens critique, des cuillères de culture, des fourchettes diététiques, des conversations d'optimisme. Si l'on peut. Ce qu'on peut. Tout ce qu'on peut. Dans une vaisselle de légèreté. On essaie de laisser dans le buffet les clefs à tiroir, la porcelaine d'anxiété, les verres en cristal d'antécédents familiaux. On installe tout son monde sur des chaises robustes, dépareillées parfois, mais en bon bois bien solide. On fournit les serviettes en tissu de famille. La mère et le père conçoivent la table, préparent et disposent les mets. À chacun des enfants de faire tourner le plateau, de l'arrêter devant lui, de prendre ce qui lui convient, d'apprendre à attendre son tour.

Chacun se sert, et les parents aussi. Les invités apportent le dessert, tout le monde goûte à tout et le dîner est pourtant différent pour chacun…

JEAN-PHILIPPE

Tu refuses les intrigues, les accommodements bourgeois, les ambitions. Ta pureté parfois naïve s'accommode difficilement de compromis. Tu n'es jamais seul. Des amis, des grands musiciens, des musiciens de passage, des relations de musiciens de passage, échouent chez toi. Tu offres ce que tu as, un lit, de l'argent, un accompagnement à ceux qui le demandent. Si, parfois, des importuns gravitent autour de toi, tu ne voudras pas fâcher. Tu es fidèle, à ta famille, à tes convictions, mais tu t'es affranchi de toute dépendance, pas de chien, plus de chats. Depuis peu, tu habites cet ancien garage dont tu as insonorisé le rez-de-chaussée, transformé l'étage en maison, fonctionnelle et confortable. C'était ta deuxième tentative, dans le XIVe arrondissement de Paris, ce quartier de notre enfance redevenu nôtre aujourd'hui à tous deux, pour t'installer un peu à l'écart de notre mère. Cette impasse étroite qui t'abrite, tu l'as apprivoisée en un clin d'œil. Je t'y dépose parfois, tu ouvres la portière de ma voiture : « Salut sœur ! » Et tu fonces, sans me laisser le temps de t'accompagner, sachant exactement où tu vas, au pavé près.

Tu passes le plus clair de ton temps en voyage. On te sollicite, tu ne déclines jamais. Youssou N'Dour, Salif Keita, Lama Gyourmé, Brigitte Fontaine, Areski, Didier Malherbe, Yakuba, Vangelis, Catherine Lara, Steve Hillage, Leonard Cohen, Mamadou Diallo, des conteurs, des griots, des moines tibétains, des joueurs de kora, d'accordéon, des jazzmen, des chanteurs te réclament, et te voilà parti. Si je te téléphone, tu réponds de Dakar, du Zimbabwé, de New York, de La Rochelle. Souvent, j'entends la musique, tu es en répétition. Au Sénégal, tu es un dieu, on t'arrête dans la rue, on implore des autographes. Au Mali, on t'a construit et offert une maison dans un village. Les Africains t'ont baptisé Le Lion, Le Diable rouge, en hommage à ta crinière, à tes dons, à tes pouvoirs. Tu es le Blanc qui partage leurs coutumes et les féconde de ta culture. Leur tradition orale rejoint tes impossibilités écrites, tes partitions sonores. L'héritage ancré dans leur mémoire rencontre la tienne, exercée comme un solfège, fiable comme un disque dur.

Les Occidentaux invoquent la richesse de ton éclectisme. À tous, tu offres la qualité de ton écoute, le respect de leur talent, l'humilité de tes accompagnements, la diversité de tes inspirations, la rigueur de tes partis pris, le génie de tes compositions. Tu es le passeur qui réunit les musiques et les continents, le prophète qui tisse le lien des Noirs aux Blancs, l'arrangeur de la world, du jazz, des poètes, du contemporain. Tu es l'un des leurs, tous le proclament. Tu manipules tes instruments, tu trafiques tes synthétiseurs, tu bidouilles les branchements, tu modules les balances. Tes mains de musicien réparent, un interrupteur, une chaîne hi-fi, une machine à laver. Qu'y a-t-il au bout de tes doigts ? Tu te débrouilles de tout, les valises, les gares, les aéroports, les instruments lourds, encombrants, défaillants parfois, les chambres d'hôtel inconnues, les baguettes, les couteaux et fourchettes, les vêtements à assortir, les billets de banque, les cartes de crédit. Rien d'impossible, excepté ces témoins visuels, ces nouvelles technologies cruelles qui brident ton indépendance et que tu maudis. Tu as l'oreille absolue, ce qui signifie que tu entends tout.

Entendre tout. J'ai fermé les yeux, souvent, pour entendre tout, et comprendre qui tu étais. Je n'ai rien compris.

Tu es un mystère, mon frère.

MON VENTRE

Je le regarde. Matin et soir, je le regarde. Dans la journée, je le scrute. Assise, en voiture, au bureau, au cinéma, à table. Il ne me laisse pas tranquille. Si je me trouve grosse, c'est sa faute. Quand je me sens mince, c'est grâce à lui. Il est le centre de tout. Mon corps, mes émotions, mes pensées. Il détermine tout. Ma démarche, mon allure, mon énergie, mon sourire, mon regard. Je l'aime ou je le déteste, je m'aime ou je me déteste. Il me bouffe.

Par lui je vivais dans ma mère, en son foyer j'en ai été scindée, dans son intérieur j'ai souffert de mes règles, dans ses profondeurs j'ai accueilli mes hommes, dans sa chaleur j'ai abrité mes filles.

EXAUCÉE

Je suis allongée et je l'attends. Ça fait longtemps maintenant, et j'ai peur. J'ai aussi un sourire. Je me rassure en me disant que d'autres avant moi l'ont fait, donc il n'y a pas de raison que je n'y arrive pas, que ça ne marche pas… D'ailleurs, ce qui m'inquiète, ce n'est pas tant que ça se passe mal, qu'il y ait un couac, non, ce qui me terrifie, c'est que ce qui doit arriver dépasse mon imagination. Je ne peux pas imaginer, malgré tous mes efforts, si ÇA sera, comment ÇA sera. C'est prévu dans quelques heures, et je ne peux plus rien faire, il est trop tard pour reculer, je ne peux pas me ligoter, fermer mon ventre, serrer mon sexe et rester dans cet état, ça me tuerait d'attendre davantage. Moi, la fille de ma mère, je vais tout à l'heure devenir la mère de ma fille…

Je suis énorme, à la mesure de ce que représente la maternité pour moi. J'ai pris vingt-six kilos ! Contre toutes les recommandations, j'ai mangé sans arrêt depuis neuf mois, depuis l'instant où j'ai su… Si mon ventre est gros, je serai certainement une bonne mère, j'aurai beaucoup de lait, de patience et d'amour, de la fermeté aussi. Je saurai éduquer, transmettre, on ira au jardin, au toboggan, aux balançoires et je ferai des purées de légumes frais. Plus tard, mais assez vite quand même, je l'emmènerai voir des expos, on écoutera du jazz et du classique à la maison, d'ailleurs je lui en ai fait entendre contre mon ventre pendant ces neuf mois, elle aura droit à un peu de télé et beaucoup de livres. La famille, les études, des milliards de câlins, quelques principes, de la culture, le tout dosé avec harmonie et formant certainement un tableau idyllique. Je me gargarise de clichés de petite fille brune habillée en rose que je promènerai partout dans son landau anglais. La rue des Saint-Pères où nous habitons est très polluée et les trottoirs trop étroits pour la promenade, il faudra certainement déménager. J'ai fait des listes de prénoms de garçons, je n'ai pas de noms de filles, c'est pour conjurer le sort, je ne veux pas d'un garçon, je ne connais pas les petits garçons, je ne saurais pas m'y prendre avec un garçon c'est certain, même pour lui apprendre à faire pipi – comment fait-on ?

Non, décidément, je suis incapable d'imaginer avoir cet enfant, de me le représenter encore moins, incapable de m'imaginer en mère, de nous imaginer tous les trois en famille, et pourtant j'en rêve, ce serait incroyable que ça puisse arriver (je sais, la chose la plus répandue au monde, presque toutes les femmes le font, pourquoi en serais-je incapable ?). Mais, surtout il faudrait que ce soit une fille, pas rousse s'il vous plaît (ça se rapproche, je prie les dieux !). Une petite fille brune, ça serait formidable.

Je suis consciente, je me moque de moi, je me dis que tant qu'à faire je n'aurais qu'à la nommer Nathalie, ça serait plus simple, plus limpide ! En même temps, je suis ivre de joie, j'ai réussi cela, être enceinte, fabriquer un enfant dans mon ventre, la chance que j'ai eue ! Et si facilement que c'en est une honte ! Enceinte, le mois suivant l'arrêt de la pilule ! Je revois le regard halluciné de Simon quand je lui ai annoncé, je revois l'éprouvette du test positif que j'ai photographiée pour être bien certaine et pour immortaliser ce moment glorieux où j'ai compris que je serais mère. Je songe à toutes ces femmes qui ne peuvent pas le devenir, immédiatement je pense à René Frydman, qui a changé la vie de beaucoup d'entre elles en leur permettant de féconder in vitro.

Obnubilée par l'imminence de ce qui va m'arriver, je reprends le cours égotiste de mes pensées et m'inquiète de la péridurale, « s'il me piquait à côté », j'ai peur et je voudrais bien qu'il arrive maintenant, mon accoucheur. Tant qu'il n'est pas là, je reste fille, encore protégée, mais impatiente de devenir autre. Simon, lui, est à mes côtés, calme et content…

Il arrive, ne me dit pas bonjour, juste « ça va ? » Il est en costume, il ressort et revient très vite en blouse verte. Tout se précipite, l'anesthésiste me parle, elle me rassure, me fait asseoir sur la table, m'indique la position, recroquevillée, recourbée sur moi-même. Elle me badigeonne le dos d'un liquide jaunâtre, du Mercryl, j'ai prévenu que je suis allergique à l'iode. Une infirmière se place devant moi et me tient les mains, surtout, je dois rester absolument immobile. Sinon ? Je tremble. Je sais que je vais subir une césarienne sous péridurale. On veut m'enlever mon vernis rouge laqué impeccable sur mes ongles de pieds. Je négocie. Cela fait un moment que je n'ai pas vu mes pieds, avec mon énorme ventre, et quand j'aurai mon bébé posé sur mon ventre aplati, je veux les voir avec leurs extrémités rouges, même de loin, à un mètre soixante-huit de distance. L'idée me rassure, mes pieds vernis, c'est bien moi, j'ai besoin de certitudes, particulièrement maintenant, et je m'attache violemment à ce détail. Requête accordée, puisque mes mains sont naturelles, vierges de vernis, et qu'ainsi on pourra contrôler que je vais bien pendant le temps de l'anesthésie.

L'énorme piqûre est faite, elle s'y est reprise à deux fois, mais ça y est maintenant. On m'allonge. Je suis soulagée, je regarde Simon, lui aussi se sent mieux, visiblement. On recouvre mon ventre d'un drap et on lui demande de venir s'installer près de mon visage. Comme cela, nous ne verrons rien. Dominique, l'anesthésiste, continue de me parler, de caresser mon bras, là où elle a installé la perfusion. La partie inférieure de mon corps devient lourde, totalement insensible. Si je tombe de cette table, je ne pourrai rien faire pour me rattraper, c'est effrayant. J'entends des paroles précises, des ordres, je demande si « ça a commencé », on me répond « oui » et je suppose que l'on m'ouvre le ventre. On me prévient que ma mère est arrivée, qu'elle attend à l'extérieur de la salle d'opération, c'est une première pour elle aussi, grand-mère. Je lève les yeux vers le Scialytique. Dans la vitre de l'énorme projecteur, les mouvements du chirurgien se réfléchissent, les instruments aussi, j'accommode ma vision, je vois du sang, des mains, si je veux, je vois tout. Je ne veux pas, je détourne la tête, décidément on n'est protégé de rien. Je demande combien de temps avant l'enfant. « Bientôt maintenant, dix minutes, ce qui sera long, c'est après, pour recoudre, une heure, à peu près. » Dix minutes, plus que dix minutes, si peu de temps avant que ma vie ne change irréversiblement. Je souris, je suis heureuse, je n'ai pas mal, tout me convient, dix minutes, c'est parfait, plus, je ne pourrais pas, moins je ne serais pas tout à fait prête. Il m'aura fallu neuf mois et dix minutes pour accueillir mon enfant…

« Poussez ! », je ne comprends rien, ils sont tous sur moi, Dominique, les infirmières, mon accoucheur, ils appuient sur mon ventre de toutes leurs forces, ils s'encouragent : « Poussez, allez, appuyez ! » Je croyais qu'avec une césarienne on ne poussait pas, on ne nous dit jamais tout à l'avance, dix mains qui appuient et l'accoucheur qui crie. Puis, le silence et, d'une voix très douce que je ne lui connais pas, « bonjour ». Tout de suite, on enlève le drap qui me recouvre des seins jusqu'au ventre, on me soulève la nuque, je la vois, seule sa tête magnifique et parfaitement ronde émerge, le reste de son corps est encore enfoui en moi, elle est brune, elle tend le cou, plisse ses yeux fermés aveuglés par la lumière, elle est tellement belle, je voudrais qu'on reste comme ça encore un peu, qu'on appuie sur pause et plus sur mon ventre, qu'on nous laisse toutes les deux quelques secondes de plus pendant que nous sommes encore emboîtées l'une dans l'autre. Mais il l'empoigne, attrape ses petites épaules, la soulève et me l'arrache : « C'est une fille ! – C'est vrai ? » Elle hurle, je pleure. Je suis exaucée, je suis délivrée.

Il coupe le lien et me la dépose, toute visqueuse et lourde et chaude et vivante, sur la poitrine. Je tourne le cou pour la caler contre ma tête, je touche sa peau avec la peau de mon menton, j'écoute ses petits gémissements, je la renifle, je louche pour la regarder, tends mes lèvres pour la goûter. Tous mes sens évaluent sa densité, sa température, sa vivacité. Elle glisse sur moi, vite, je dégage mes bras, seuls éléments mobiles de mon corps, pour l'enserrer. Dominique crie, j'ai oublié la perfusion, je n'ai pas encore le droit de la protéger. On me la prend. On la donne à Simon qui la baigne à mes côtés dans une petite bassine en plastique remplie d'eau tiède qui est arrivée là, pile au bon moment. On baisse la lumière qui éblouit mon enfant. Mon enfant, mon enfant, ma fille…

Puis elle disparaît. On la lave, on la mesure, on la pèse, on l'habille. Je la réclame. On me répond qu'on me l'apportera dans la chambre, quand je serai recousue. Simon aussi a disparu, je demande où il est : « Avec elle. »

Je suis seule maintenant, et pourtant, plus jamais… Un voile invisible s'est posé sur mes yeux, mon regard n'est plus le même, ma fille s'est inscrite, indélébile, dans la profondeur de mon champ.

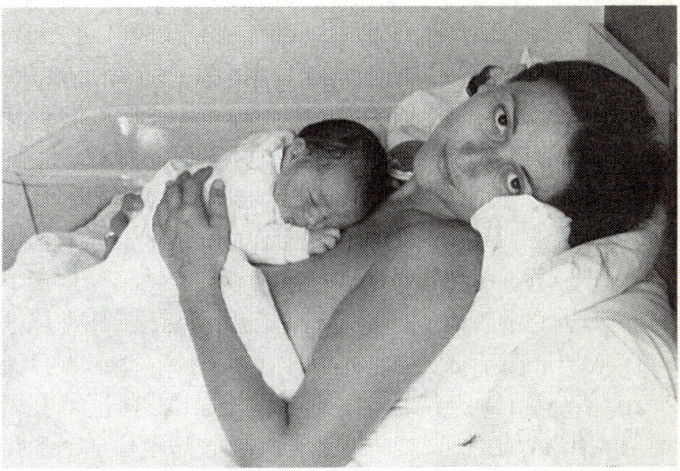

TU SERAS UNE FEMME, MA FILLE

Là, tu es partie. Loin si loin de moi, de cette ville où tu es née, de ce pays, tu as même changé de continent. Tu as choisi l'Afrique, cette beauté noire, comme terre d'amour. Mystérieuse enfant, si particulière, si proche et si différente. Tu m'étonnes. Je m'interroge, souvent, pour te comprendre. Je t'admire.

Ils avaient coupé le cordon, mais je ne pouvais te laisser aller. Je t'avais trop espérée, tu étais tous mes rêves. Je t'ai donné mon lait, longtemps, et tu as refusé ensuite d'être nourrie autrement. La crèche, l'école, toutes nos séparations ont été déchirantes. Nous n'étions qu'une, une Nathalie. Je t'avais tellement désirée, merveilleuse petite fille brune, que par superstition, je n'avais prévu que des prénoms de garçon. Tu devais t'appeler Nathan. J'étais submergée par le bonheur quand tu es née et c'est ma mère qui m'a dit : « Tatiana, c'est si joli. » Je n'ai pas choisi ton nom, mon amour. Et j'ai compris, beaucoup plus tard, que je devais être cette Tatiana, c'est mon père qui n'avait pas voulu. Nous étions mélangées, tu vois.

Tu es partie danser. C'est ta façon, une de tes façons, de te comprendre, de te trouver. Loin, si loin, tu as besoin de tant de distance. Je voudrais t'expliquer, te donner, te faire gagner du temps. J'en ai pris tellement, moi, du temps.

Te raconter comment longtemps, si longtemps, j'ai cherché, je me suis cherchée, sans partir, au contraire en restant au plus près, presque à l'intérieur.

Comment on peut se sentir loin, si loin de soi, en perdition même parfois, et que ça ne dure pas.

Comment les chagrins fortifient, mais qu'il faut s'en méfier terriblement parce qu'à force, ils durcissent et isolent.

Comment l'amour rend tout, absolument tout, possible et que c'est la seule chose dont on ne doit pas se passer.

Comment, quand l'homme qu'on aime vous dit que vous êtes belle, alors seulement on commence à y croire.

Comment c'est impossible de ressembler à sa mère et c'est aussi douloureux d'être son contraire.

Comment, quand on devient mère à son tour, c'est une telle plénitude, et qu'enfin on se sent égale.

Comment, à jamais, on n'est plus seul quand on se métamorphose en parent et comment, bizarrement, on oublie totalement l'enfant qu'on a été.

Comment de trop aimer ça peut enfermer, ça tu le sais.

Comment on peut aussi se sentir libéré, en perdant quelqu'un qu'on aime plus que tout.

Comment on fait comme on peut, du mieux qu'on peut.

Comment petit à petit, un jour, se superposent presque exactement la personne qu'on était, celle qu'on devient, et celle aussi qu'on sera.

Et comment alors, ça peut être juste et bien de se sentir être soi, tu verras.

NI LA PREMIÈRE, NI LA DERNIÈRE

Je suis dans l'avion. Le Air France 006 Paris – New York. Tu n'es pas bien. Ça ne va pas. Alors je viens, pour essayer de t'aider. Tu n'as rien demandé, mais quand je t'ai dit hier que j'arrivais, j'ai compris, au ton de ta voix, que j'avais raison. Tu as voulu partir, tu es partie. Je ne t'ai pas retenue, ça ne servait à rien…

Je viens te voir parce que tu es celle du milieu, celle qui n'a pas été la première, ni la dernière… Je n'ai pas découvert la maternité avec toi, l'inondation de plaisir, l'arrogance, l'anxiété, la plénitude et la gratitude. Quand tu es née, c'est vrai, tu étais la deuxième. Ton père est resté moins longtemps à mes côtés, ma mère, dès qu'elle t'a vue, est repartie travailler, ma chambre à la clinique était moins grande, les visites ont été moins nombreuses. Tu étais claire, presque blonde, un étonnement. On t'avait mise en couveuse, ce que j'avais interdit (je savais que c'était un geste courant, c'est ainsi que l'on réchauffe les bébés après une césarienne mais je ne voulais pas, à cause de l'accident qui était arrivé à Jean-Philippe). Ils l'ont fait quand même, quelques minutes, et j'étais furieuse. Sophie, ta marraine, était venue tout de suite après l'accouchement, elle était avec moi dans ma petite chambre, ton berceau transparent à mes côtés. Pour elle, tu étais sa première fois, sa première filleule. Elle était émerveillée. Je me souviens que je pensais à ta sœur de deux ans et demi qui aurait voulu un frère, à sa réaction, à ses jalousies. À lui parler au téléphone, à lui acheter une poupée qui te ressemble. À ce qu'elle mangeait, à ce qu'elle racontait en attendant notre retour. Que peut-être, cette inquiétude m'occupait autant que ta présence. Tu étais calme, tu ne pleurais pas, tu prenais le sein, puis je te posais sur mon ventre et quand nous nous rendormions ensemble, tu faisais encore partie de moi. Quand nous sommes rentrées à la maison après ces sept jours en tête à tête où nous n'avions pas été un événement, ta sœur nous attendait. Nous ne serions plus jamais seules. Je me souviens m'être écroulée sur le canapé en cuir noir du salon, le couffin à ma droite, toi dedans endormie. Ta petite grande sœur s'est amarrée à ma gauche, une mèche de mes cheveux enroulée autour de ses doigts. Toutes les photos de cette époque me montrent avec vous deux emmêlées à moi. En général, toi accrochée à l'un de mes seins, ta sœur dans mon cou. Pelotonnées, au lit, dans le jardin, chez des amis, partout. Tu ne posais aucun problème, tu étais magnifiquement sage, tu observais, et jusqu'à l'âge de un an, tu n'as pas pleuré. Le crois-tu ?

Quand tu avais six ans, un soir, la porte de ta chambre s'est refermée violemment sur ta main. Il était 21 heures, ta grande sœur et toi étiez en pyjama, nous venions de dîner. Tu criais, ton pouce était en sang. Départ aussitôt avec Simon pour l'hôpital. Il fallait m'y préparer, tu étais une casse-cou. Inanimée au sol après une chute de trapèze un après-midi, bras fracturé après avoir plongé du canapé un soir pour accueillir ton père, tombée de vélo tête la première sur le port d'Ars-en-Ré (avec arrivée des pompiers toutes sirènes hurlantes), éclats de verres frôlant ton artère fémorale après l'explosion d'une fenêtre contre laquelle tu pratiquais tes étirements un matin de très bonne heure… Nous avons pris, toi et moi, au fil du temps, l'habitude de petites virées hospitalières…

Ce soir-là, il y a peu de monde aux urgences. Quoi qu'il en soit, je préviens immédiatement qu'il ne peut être question de laisser une enfant, et encore moins ma fille, souffrir une minute de plus. Chance, nous sommes prises en charge par un interne charmant qui, au vu de la radio qu'il effectue, décide d'opérer ce pouce sanguinolent dans la foulée. Anesthésie locale, l'intervention est rapide et on nous annonce que nous allons très vite récupérer notre fille. Quinze minutes plus tard, une porte claque et une infirmière accourt dans notre direction, toi dans les bras qui t'époumones. « J'ai mal, bande de salauds, vous m'avez fait mal, bande de salauds, j'ai trop mal… » On nous remet une ordonnance d'antalgiques, et on nous prie de t'emmener tout de suite, on ne fait pas de bruit dans les hôpitaux.

Quand tu as mal, tu hurles. Après m'avoir mise hors de moi une fois, je ne sais plus à quel propos, tu étais encore petite, je t'ai pourchassée dans la maison, grimpant quatre à quatre les marches, courant pour te rattraper. Arrivée en haut la première, tu t'es retournée vers moi, décrochant et brandissant le combiné du téléphone mural, menaçante : « Si tu approches, j'appelle SOS Enfants Battus ! » Je me suis arrêtée net, en état de sidération, et t'ai regardée, toi, ma fille, la chair de ma chair, le sang de mon sang ? Tu m'as sentie incrédule : « J'ai le numéro, ils nous l'ont donné à l'école ! » T'en souviens-tu ?

C'est ton rire qui me renverse, qui me fait lâcher prise. Ce n'est pas un rire, c'est un éclat, un bijou, une chance, une vrille, un crescendo, une grâce. Ton humour me fait pleurer, tout pardonner. Ton esprit fuse, ta verve ensorcelle, tes digressions captivent, ta fantaisie crépite.

Ton intransigeance, ta générosité, ton enthousiasme, ton charisme, ton énergie rayonnent. Autour de toi, tous s'agglutinent. Tu attires, tu aimantes, tu irradies. Tu possèdes cette beauté-là. Cette flamme en toi, Lola, c'est la lumière. Le sais-tu ?

LUMIÈRES

Soleil couchant, ampoule douce quarante watts, noirceur des nuits l'hiver, arc-en-ciel après l'orage, néon glacial des marchands de glace, éclairages casher des charcuteries, blancheur efficace des pharmacies, étincelles des dîners amoureux, clignotements de la tour Eiffel, réflecteurs puissants des photographes, faisceau d'une torche électrique, triangles oranges des travaux, photophores tremblotants, lampes d'architecte, de bureau, de chevet, rayures horizontales des stores vénitiens, réverbères rassurants de campagne, halogènes stridents, pleine lune aimante, interrogatoires glauques des policiers, tunnels artificiels, alarmes prévenantes, gloire des piscines, douces veilleuses des chambres d'enfants, aube diaphane de Paris, sons et lumières à Versailles, faisceau du phare de Porquerolles, lanternes marocaines, bougies d'anniversaire, gyrophares des secours, incandescence des veillées mortuaires, ténèbres des cimetières quelle que soit l'heure ou le temps, variateur des intérieurs accueillants, flamme des lampions du 14 Juillet, marche aux flambeaux, Scialytiques implacables des chirurgies, miroirs loupes ampoulés, mouvement perpétuel bleuté de l'écran de télévision, blancheur coton des nuages depuis le hublot de l'avion, reflets des fonds sous-marins, éclat du clocher d'Ars-en-Ré, salle de spectacle qui passe au noir, éblouissement du bébé quand il ouvre les yeux la première fois, halo du sexe sur le visage…

DIS, QUAND REVIENDRAS-TU ?

Quand tu étais petite et que je devais partir en voyage, tu n'arrivais pas à mesurer la durée de mon absence. Trois jours comme dix évoquaient pour toi une séparation dont tu n'entrevoyais pas la fin. J'eus l'idée de te rapporter du bureau la veille de mes départs un grand panneau sur lequel j'avais collé un Polaroïd amusant de moi par jour, légendé avec la date, le lieu et mes rendez-vous. Sous chacune des photos, j'avais suspendu un petit cadeau (bonbon, barrette, gomme) que tu aurais la permission de décrocher chaque matin avant de partir à l'école. Chaque jour ainsi célébré te rapprochait concrètement de mon retour. Cette toile, installée devant ta chambre, racontait un calendrier de l'aventure pour nous seules. Tu étais tellement excitée par l'annonce du tableau, amusée de découvrir les photos, de deviner les surprises, de commenter mon voyage, que mes départs

Samedi 9
le départ à New York
Dimanche 10
Soleil et Repos !
Lundi 11
le défilé Sonia Rykiel
Mardi 12
les journaux !
Mercredi 13
Canada pour Rykiel Rose
Ouf ! ils ont du Coca
light à TORONTO !
Vendredi 15 à Montréal
Pas le temps pour le Shopping.
Samedi 16 Je rentre
énorme baiser !

ressemblèrent depuis ce jour à des fêtes de retrouvailles !

Tu parles l'anglais comme le français, tu charmes tes auditoires, tu distribues les rôles des spectacles que tu inventes depuis toute petite, comme tu aimerais décider de tout. Quand je rentre le soir à la maison et que je t'entends chanter depuis ta chambre, je monte les marches de l'escalier sans bruit, juste pour m'approcher de ta voix ravissante. Tu as déjà tous les talents et toutes les possibilités. Chance.

Tu es belle, Salomé, intelligente, créative, débrouillarde, fragile, charmeuse, spirituelle, sensible, fonceuse…

Tu es inquiète. Tu as peur de tout, les avions, les tsunamis, le cancer, les moustiques, le sida, prendre le métro, un taxi, qu'il arrive quelque chose à ton père ou à moi (tes sœurs, ta grand-mère). Un pétard, c'est un attentat, un vaccin, c'est une épreuve, une piqûre de moustique, c'est la dengue.

Salomon, Sam, Salomé, il a fallu tes deux sœurs et beaucoup de temps pour qu'enfin, je puisse te donner le beau nom de ton grand-père.

Ma poupée à moi au doudou chemise de nuit, aux yeux vert kaki certains jours puis gris-bleu le lendemain, ma fille, sensuelle enfant qui veut qu'on la masse, qu'on la gratte du bout des ongles et d'une certaine façon seulement, ma dernière enfant, mon bébé de toujours, mon adolescente de maintenant et ma fière femme de demain, je t'aime tant.

JE SUIS DANS MA MAISON

Je suis dans ma maison et je l'aime. Là, je vous écris du bureau, la pièce verte, abat-jour du même vert jade intense, portraits noir et blanc de Sarah Moon, de Dominique Issermann, fauteuil au point de croix de fleurs multicolores, Post-it gribouillés de mes filles quand elles passent et que je n'y suis pas, conservés précieusement, petit mot amical de Claire Brétécher, Robert de la langue française, des noms propres, des synonymes, autres dictionnaires côtoyant le Vidal des médicaments, trente-huit albums photos de 1983 – la naissance de ma fille aînée – à 2006, l'année où j'ai cessé d'avoir le même plaisir à les réaliser, coupures de presse entassées sur les étagères, placards bourrés de dossiers scolaires, médicaux, assurances, factures (maison, travaux, vacances, shopping…) soigneusement classées mais jamais complètement à jour, pots de feutres, poteries et poèmes de fête des

Mères offerts par mes filles, petits carnets en cuir de couleur emplis de notes ou juste commencés ou encore vierges, achetés parce qu'ils étaient beaux, grands cahiers de cuir noir à mes initiales gribouillés de mes intimités, relevés de Carte Bleue et d'American Express débordant du couvercle d'une boîte en argent, les hors-séries du *Nouvel Observateur* et certains *Monde 2*, le *Libé* spécial Sartre aussi, les thèses de mes amis, les documents de la crèche en Israël que papi Bernard, mon grand-père paternel, a financée en mémoire de ma grand-mère mamie Marie, un pot de trombones et des boîtes de clefs (je ne sais pas toujours ce qu'elles ouvrent), des foultitudes de cassettes audio et vidéo que je n'écoute ni ne regarde jamais et ne me résous pas à jeter, des lettres d'amour, presque toutes depuis le début de l'amour, des mails d'amour, j'ai tout gardé c'est ce qui compte le plus, des SMS d'amour que je n'ai pu conserver, une calculatrice strassée façon panthère, un pot-pourri dans un vase des puces, trente cartes postales d'Elvis Presley roulant un patin à une fan avant d'entrer en scène, toutes les étiquettes enrubannées de satin qui marquent mon nom et mon numéro de sitting aux défilés Jean-Paul Gaultier haute couture, les vieilles batteries de mes anciens portables et mes anciens portables, des cartes de ma mère avec un dessin et toujours le même message : « Ma chérie je t'aime, j'ai besoin de toi, fais attention à toi », avec des variantes « Ma chérie, je crois en toi, fais attention » ou encore, « Ma fille, tu es formidable, bon voyage, je t'en supplie fais attention », tellement de choses que j'aime que je ne peux séparer des choses qui sont là aussi et m'indiffèrent maintenant. C'est pour quand je serai vieille, surtout les lettres d'amour et les albums photos. Parfois je le pense vraiment, je pense vraiment qu'un jour je serai toute seule ou que peut-être je perdrai la mémoire ou que je serai triste et qu'il me faudra bien tout cela. Parfois je pense que jamais je ne les regarderai, que tout cela m'encombre, pas physiquement mais émotionnellement, quand même, je préfère tout garder.

Là, je suis assise devant mon bureau que j'ai accolé au tien, c'est plus pratique, j'ai plus d'espace comme cela, tu sais ton bureau d'époque dont j'ai ouvert le tiroir un jour que tu n'étais pas là parce que je cherchais du Scotch. Après avoir ouvert ce tiroir que tu n'avais pas fermé à clef, j'ai décidé que tout était fini…

Cette maison que j'aime tant, qui était la nôtre, dans laquelle nous avons vécu et élevé

nos enfants et qui est seulement mienne aujourd'hui.

La chambre, à côté du bureau, est parme. Je l'avais repeinte et tu n'étais pas d'accord, ni pour la repeindre, ni pour la couleur, tu n'aimais pas non plus les nouveaux rideaux mais tu n'avais jamais eu le temps ni l'envie de venir avec moi les choisir. Notre chambre ne t'intéressait plus vraiment, ça c'était un vrai signe, quand l'homme n'aime plus la chambre. Les nouveaux rideaux, tu disais qu'ils faisaient

« robe de chambre » et la nouvelle télé, tu la trouvais trop grande, et le parme, tu n'aimais pas. J'ai tout vu venir mais je n'y pouvais rien, je sentais que tu commençais à supporter de moins en moins de choses de moi, mais je ne pouvais pas m'arrêter, céder cela aurait été ne rien faire, ne rien faire c'était pire que faire. Faire, cela me gardait vivante, alors que ton amour mourait et que cela me tuait doucement. C'est comme ça quand les chemins se séparent : au début, on refuse de voir mais on perçoit bien la fin qui commence.

Aujourd'hui, c'est sur le lit immense (je ne peux pas dire notre lit ni mon lit, ce n'est ni l'un ni l'autre, c'est le lit) que j'adore me vautrer, téléphoner, lire, prendre mon petit déjeuner, faire l'amour, dormir. Si je dois choisir un endroit, un seul dans la maison, c'est celui-là…

Dans la salle de bains blanche, juste à côté de la chambre, je choisirais peut-être les deux longues étagères en verre transparent, avec mes innombrables produits de beauté qui font cligner des yeux les amies de ma fille, ou alors les gentils canards sex-toys en bordure de baignoire qui, eux, ne les font même plus sourire (après les premières années où, sous prétexte de faire visiter la maison, notre fille entraînait toute nouvelle copine en gloussant, d'abord et directement, vers ma salle de bains).

Au même étage, le premier, on entre dans mon dressing, bois, miroir et fringues. On entre, je dis bien, car c'est une vraie pièce de quelques mètres carrés, pas un placard. C'est là que je file retrouver mes amies pour trois minutes, le temps d'un prétexte, ni vu ni connu, lorsque pendant les dîners à la maison, nous sommes démangées par l'urgence d'une confidence. On pousse la porte, terrorisées comme des gamines à l'idée d'être peut-être entendues, et, par terre le plus souvent, on chuchote, essayant en même temps et vite fait mes dernières trouvailles.

Le deuxième, c'est l'étage de mes filles. Les trois chambres qui sont passées par toutes les couleurs de leurs adolescences, aujourd'hui sont roses. Je ne dirai rien d'autre, c'est à elles.

En bas, dans le salon couleur fleur fanée, alanguie dans les profonds et moelleux canapés violets, si je regarde bien les tableaux, tous les livres que je voudrais un jour trier dans l'immense bibliothèque, les lampes de Jacques Adnet, que j'adore, et les autres que j'aime aussi, le prototype de sofa en cuir marron déniché dans une foire d'art contemporain, le jeu d'échecs de mon père, c'est la cheminée qui s'impose.

À côté du salon, dans la cuisine jaune très pâle, je prendrais simplement une cuillère en bois, celle qui a servi à tourner toutes mes mousses au chocolat. C'est le cœur de ma maison, et tout y est si vivant et aimable. Maintenant, un coucou rose fuchsia y sonne les heures. La cuillère est vieille, légèrement fendillée, son bois est devenu presque gris, je ne la jetterai pas.

Dans son prolongement, la véranda vert pâle, construite parce que, dans la cuisine, on ne pouvait pas manger à plus de six. J'y ai fait davantage de dîners depuis que tu n'es plus là que pendant toutes ces années où nous avons vécu ensemble. Tu voulais pourtant que l'on « reçoive », mais tu arrivais presque toujours au dernier moment, tu ressortais acheter du vin parce que tu n'avais pas eu le temps avant, et tu t'endormais souvent quand nos amis étaient encore là. Tu ne cuisinais pas, tu devais « t'y mettre », tu ne t'y es jamais mis. Maintenant si, il paraît. Dans ce jardin d'hiver, c'est la lumière que je préfère.

Au sous-sol, à gauche, la salle de jeux blanche, le piano, le baby-foot. J'entends les hurlements de toutes ces parties qui s'y sont jouées. J'y fais de la gym, on y danse, la dernière année tu t'allongeais le soir après dîner sur l'énorme canapé et tu regardais un film, moi, je préférais rester en haut et bouquiner. Tu t'endormais souvent là, je savais aussi ce que ça voulait dire mais je n'avais pas envie d'autre chose, pas le courage d'autre chose.

J'ai tout vu arriver, j'avais tellement peur, tellement pas envie de changer de vie, je ne voyais pas de solution, je ne savais pas ce qu'il faut faire dans ces cas-là, quand on sent que c'est foutu et qu'on ne veut pas que ce soit foutu. Je ne sais toujours pas ce qu'il faut faire quand ça arrive, peut-être partir plus vite, éviter que ça dégénère, éviter ce qui arrive après, quand, pour arriver à se quitter, on se fait vraiment du mal.

La lingerie en face, les machines, la bonne odeur du linge propre. Planche à repasser, papiers d'emballages, ampoules et piles d'avance, produits d'entretien, décorations de Noël, bougies d'anniversaire, le panier du chien, son écuelle, la pharmacie, le congélateur. Tout comme une image, sage. D'un côté, la petite cave à vin. De l'autre, le débarras où l'on range les valises, les outils et le bois pour l'hiver.

L'endroit stratégique de la maison, c'est l'escalier. Recouvert d'une moquette vert foncé à petits pois noirs, des tenants en fer forgé, une rampe merveilleuse en bois, courbée très doucement dans les virages. Se poser à plusieurs sur les marches du bas pour parler, se planquer sur un palier pour téléphoner, s'apostropher à mi-étage, entendre les enfants hurler de plaisir en dévalant la rampe, replacer les tringles en laiton qui parfois sortent de leurs anneaux, déposer sur les premières marches ce que l'on devra plus tard monter dans les étages, la même chose pour redescendre, s'asseoir sur celle du chien (la cinquième, ma préférée) pour le caresser…

DES FLEURS ET DES COULEURS

Des roses de jardin odorantes, en bouquets, dans des camaïeux de couleur. Bouquets fuchsia, rose pâle, rose moyen, avec des rouges aussi, ou alors jaune foncé et clair ensemble, ou bien multicolores. Vases anciens, opalines vertes, bleues, argenteries vieillies d'hôtels, timbales d'enfants, formes rondes, bases trapues. Objets beaux quand ils sont vides, à contempler, paysage de la maison attendant la fleur.

Roses Piaget, foncées, mes préférées. Trop odorantes, presque écœurantes, à peine ouvertes affaissées, épanouies presque flétries, presque déjà fanées.

Bouquets de roses ronds, tiges coupées court, sans feuillage, sauf parfois des feuilles de menthe (une idée de mon ami fleuriste Olivier Pitou). Glaçons dans les vases. Comme si, alcoolique, j'allais boire et offrir cet odorant breuvage.

Et les fleurs de saison, celles qu'il faut saisir…
Les tulipes rouges et orange,
Les pois de senteur de toutes les couleurs, si fragiles,
Le lilas violet, à la campagne,
Et les coquelicots qu'on ne peut pas cueillir.

Dans le jardin. Rosiers (remontants, ils fleurissent constamment), hortensias (à garder pour les faire sécher), impatiences si on est à l'ombre (de mai aux premières gelées), chèvrefeuille (porte-bonheur, il faut toujours en avoir un sur un balcon, une terrasse ou un jardin), jasmin pour l'odeur de l'été, érable japonais, bougainvillier (dans le Sud) et camélias pour regarder des fleurs en hiver, même quelques jours…

VOUS

Savez-vous comme je vous ai aimé ? Vous n'imaginez même pas. Ma plus belle histoire d'amour, c'était vous. Aujourd'hui, je m'en fous.

Le premier jour, dans cet hôpital où j'avais rendez-vous avec vous, vous êtes venu me chercher dans la salle d'attente, j'ai levé les yeux, j'ai eu du mal à marcher sans tituber déjà pour vous suivre dans ce bureau étroit. Pendant le questionnaire médical auquel vous m'avez soumise, je déguisais déjà mon mal. Mon mâle, ce serait vous, je l'ai su aussitôt. Mon mal aussi, je l'ai su plus tard. Allongée sur la table d'examen, j'ai tourné mon visage vers le mur, je ne pouvais déjà plus vous regarder. Vous avez passé le tensiomètre à mon bras, frôlant ma peau, c'était insoutenable. Je vous ai aimé, immédiatement.

Nous nous sommes revus. Vous ne vouliez pas de moi. Moi, c'était une histoire, vous ne vouliez pas d'histoire. Vous étiez tranquille, dans votre vie de grand médecin, femme à la maison, femmes partout ailleurs qui vous espéraient, qui recevaient vos grâces, quand vous aviez le temps. Dans votre vie de séducteur se bousculaient infirmières, secrétaires, malades énamourées. Il fallait être dans le besoin de vous, dans la dépendance, pour que vous vous donniez sans craindre le danger.

Nous déjeunions. Vous me parliez, de vous. Vous savouriez cette écoute que je vous offrais. Vous preniez de moi ce que vous ne m'accordiez pas. Je vous ai aidé, vous me l'avez confié. Je suis une femme aimante, je sais. Quand j'aime, je donne, tout. Tout de moi, c'est beaucoup. Ça effraie, même les hommes qui semblent forts et puissants, mais qui souvent s'inquiètent quand il est question de partager le gouvernail.

Longtemps, longtemps après, je l'ai eue, mon histoire. Et vous m'avez aimée. Vraiment aimée. Bien aimée. Vous aviez entrepris ce travail, cette analyse que je vous avais suggérée, vous vous sentiez plus fort, suffisamment sans doute pour être avec moi. Et touché de ma détermination. Et je vous plaisais, bien sûr.

Ce furent des mois entiers d'amour. Je m'y suis perdue, et trouvée. Ce ne furent que des mois d'amour. Heureux et douloureux. Heureux parce qu'ils commencèrent, douloureux parce qu'ils se terminèrent…

Aujourd'hui, quand nous nous croisons, je m'étonne. Comment peut-on aimer à ce point, et se sentir si froid, le lendemain ?

LES BELLES IMAGES

J'ai toujours aimé en entier. Je ne sais pas faire autrement, je suis globale. J'aime tout d'un homme, entièrement mes enfants, pleinement ma famille. J'arrive péniblement à nuancer mes sentiments quand il s'agit de mes amis, et encore, depuis peu.

Oui, longtemps je n'ai aspiré qu'à être entourée des miens, le plus serrés possible, rêver même d'une maison qui nous contiendrait tous. Et, d'une certaine façon, j'y suis arrivée. Je suis restée près de ma mère et pas loin de mon frère, je me suis mariée avec un homme qui a épousé en même temps que moi l'affaire familiale, nous avons eu trois filles que nous avons élevées dans une maison avec un escalier dont elles dévalaient la rampe, il y avait des rosiers dans le jardin, nous avons toujours eu des chiens. La presque totalité de ma famille et de mes amis vit dans un périmètre restreint de la rive gauche de Paris.

Mais, évidemment, les belles images en ont pris plein la gueule. Chagrins…

Estompées, les aquarelles immaculées accrochées aux murs de mes rêves pour me rassurer, nourrissant le fantasme que nous serions épargnés, que le pire, le vrai malheur est ailleurs…

Apprendre à patienter, jouir des moments heureux, accepter les épisodes douloureux, parce qu'ils sont la vie. Aimer quelqu'un dont je n'arrive pas à comprendre les manques, dont les défauts peuvent me blesser même. Supporter que mes enfants puissent m'être odieux parfois, que mes proches ressentent pour moi des sentiments ambivalents. Admettre que je suis comme eux.

Alors que je préférerais que cela ne soit pas…

MAZEL TOV !

C'est quand tu m'as dit pour la première fois ce que tu sentais à l'intérieur de moi quand je jouissais que j'ai compris que c'était vrai. Que je jouissais vraiment, et que ce n'était pas un rêve. Après les spasmes, mon sexe s'élargissait tellement qu'il t'inondait de mouille crémeuse jusqu'à noyer ta bite. J'avais peur qu'en devenant si grande tu ne me sentes plus, mais en apprenant que tu adorais cette béance, je me suis rétrécie autour de ton sexe, tu as enfoncé ton gland bien au fond comme j'aime et j'ai joui de nouveau. Quand c'était ta langue qui me faisait jouir, tu me tétais tranquillement et puis tu avalais tout jusqu'à la dernière goutte.

Au début, tu mettais les doigts, tu me pénétrais longuement avec un, puis deux, puis trois (une fois tu as mis les cinq) et un jour, une sensation nouvelle est apparue, un pincement délicieux et lancinant au plus profond de moi. Je ne voulais pas que tu t'arrêtes mais je voulais savoir ce qu'était cette extase inconnue.

Une autre fois, ta langue profondément enfouie dans mon oreille et qui en léchait chaque détail en prenant son temps a fini par me faire hurler.

Tes baisers sans fond et sans fin, tes paroles chuchotées, seuls, me font jouir. Je me presse contre toi et je jubile, tout habillée.

Il te suffit de m'intimer l'ordre de me soulager pour qu'aussitôt, je m'incline. Je peux jouir tant de fois, je ne compte pas, quand nous faisons l'amour.

Je le dis. Parce que je n'y croyais pas.

LIBRE

J'ai aimé, j'ai toujours été dans l'amour, je ne peux pas ne pas être dans l'amour. Quand c'est le cas, comme une fleur sans eau, je me fane. Là, j'ai besoin d'eau. Un amour qui se délite, un autre qui, de temps en temps, réapparaît alors que je le croyais terminé à jamais. Et espérer le prince de ma nouvelle vie, celui que je pourrais aimer aujourd'hui. Et calmer cette impatience de m'emboîter dans une histoire que je reconnaîtrais comme mienne.

Simplement, vivre ce qui est. Ma bohème amoureuse. Finir cet amour finissant, laisser revenir doucement celui qui revient, répondre à un autre qui m'appelle.

Une femme libre. Qu'est la liberté, si l'autre est nécessaire à la vie ? J'ai acquis tout ce qui me permet de me suffire. Les moyens, le pouvoir, l'indépendance. Mes enfants, mes amies, mes amis, ma famille, je ne suis pas seule.

Je suis libre, et pourtant, je l'attends…

CETTE FEMME, C'EST TOI

Ce jour-là, assis autour de la table à tréteaux en chêne massif dans le bureau semi-obscur de ma mère, nous réfléchissons avec Tyen, concepteur et photographe, à la campagne publicitaire qui soutiendra la promotion internationale de Rykiel Rose, le nouveau parfum de notre marque. Tyen avait, quelques mois auparavant, réalisé mon portrait pour un livre personnel qu'il souhaitait publier. Je n'avais pas vu la photo.

Comme toujours dans ce type de réunion, la question du mannequin qui personnifiera le parfum se pose. Tyen, énigmatique, théâtral, un large sourire aux lèvres, dévoile alors la photo mystérieuse. « Nathalie, regarde. Cette photo. Mystérieuse. Noir et blanc. Sensuelle. Rykiel. Cette femme, c'est toi. Regarde-toi. Tu as conçu ce parfum. Tu dois l'incarner. Personne d'autre. »

Je travaille depuis une vingtaine d'années dans l'entreprise, les professionnels de la mode connaissent mon existence, mais pas le public qui identifie depuis toujours la marque à ma mère.

Afflux immédiat de sang dans ma tête. Roulement de tambour. Les pièces d'un immense puzzle s'agencent avec évidence en un instant. Ce défi, si je décide de le relever, offrira à l'entreprise un nouvel élan. J'en ferai un tremplin, je m'en servirai pour emmener Rykiel ailleurs, plus loin. Je sens aussi qu'il révolutionnera ma vie. Tyen m'offre l'occasion que j'attends peut-être sans le savoir, sans même m'en douter, depuis des années et je suis, à ce moment précis de ma vie, prête à la saisir.

Pour le moment, il s'agit du parfum. Ma mère, amusée, séduite avant tout par l'esthétique de la photo, trouve l'idée intéressante, formidable. « Pourquoi pas, vas-y ! » Mon mari, pourvu d'une mère connue en Angleterre, d'une belle-mère célèbre dans le monde entier, plutôt satisfait d'avoir jusque-là une femme anonyme, semble un peu crispé. Tyen, content de son effet, pense à sa campagne publicitaire. Seule Martine, la directrice marketing, mesure d'emblée l'impact, mais aussi les difficultés que cette décision risque d'engendrer. Elle me connaît, nous travaillons ensemble, elle se doute bien que je n'en resterai pas là. Elle sait comme moi que l'entreprise est dans un moment crucial et a besoin d'une impulsion nouvelle.

Je sais que je vais accepter, que refuser serait renoncer non seulement à une partie de moi-même, mais aussi à une aventure dont je sens qu'elle m'entraînera aussi loin que je serai capable de la mener.

À l'aube de ce nouveau millénaire, Rykiel est une belle assoupie. Il est temps de la réveiller, et même de la secouer. Les fanatiques qui suivent ma mère comme un gourou depuis les années 1970 ont vieilli, leurs filles respectent la marque mais elle symbolise leur mère, et je m'inquiète pour l'avenir. Le paysage de la mode a évolué ces cinq dernières années. La plupart des marques de luxe sont rachetées par de grands groupes financiers qui menacent de représenter bientôt un pouvoir inquiétant. Beaucoup ignorent que Rykiel est une affaire familiale, indépendante, autofinancée, et, grâce à l'aide de mon mari depuis vingt ans, en plein développement. Un ovni au pays de la mode, une maison atypique, au style inscrit dans l'époque. Une âme pure, fidèle à elle-même, sans compromis. Une identité précise, incarnée. L'étendard du chic germanopratin, la mode comme un mode de vie, plébiscité par des femmes séduisantes, intelligentes, libérées, engagées, amoureuses, vivantes.

Une épopée cousue main par une aventurière de génie.

J'ai joué depuis vingt-cinq ans presque tous les rôles dans l'entreprise, mannequin, responsable commerciale, je suis à l'origine des lignes Enfant et Inscription (aujourd'hui Sonia by Sonia Rykiel), je dirige la communication, l'image, les défilés. J'œuvre également au rayonnement de ma mère, depuis toujours, avec plaisir.

Mais un autre temps est venu. C'est inéluctable, je le pressens.

Je suis inquiète, je me doute qu'il y aura de la casse, je sais aussi que je n'ai pas le choix. Et puis, je suis une femme de défis…

Oui, j'utiliserai cette nouvelle histoire pour raconter la magie Rykiel, communiquer sur ses particularités, revendiquer haut et fort sa différence, son indépendance. Je me montrerai, je soulignerai que ma mère ou moi sommes à l'origine de chaque produit de notre maison. Je ne me gênerai pas pour rappeler que dans les groupes, les créateurs sont facilement déplacés d'une marque à l'autre ou, s'ils ne donnent pas satisfaction, remerciés. Les femmes achètent cher leurs produits de luxe sans vraiment savoir finalement qui les a créés. Je révélerai pourquoi Rykiel ne s'offre pas d'égérie ou de star à coups de millions pour vendre un parfum puis en changer pour le suivant. Chez Rykiel, la créatrice du produit s'expose, elle n'hésite pas à montrer son visage de femme de quarante ans au côté d'actrices qui en ont souvent dix-huit pour les concurrents.

Les femmes Rykiel sont des fonceuses, des impertinentes, des audacieuses. Je renouerai avec ces codes profondément inscrits dans les gênes de la marque et j'incarnerai son identité. Mon histoire est vraie, authentique, elle me correspond parfaitement et j'ai envie de la raconter. Elle ne pourra qu'intéresser et émouvoir, dans une époque où tout se désincarne progressivement. Je personnifierai la modernité de la marque en protégeant ma mère du vieillissement de son image. En devenant connue, je la rendrai iconique.

Le soir même, à la maison, je parle à Tatiana et à Lola, Salomé est trop petite. Moment très émouvant de leur réaction, la seule peut-être qui me retiendra, si je la sens trop négative. Lola, enthousiaste, m'encourage à foncer. Tatiana, qui favorise toujours l'anonymat (à l'école, elle a tendance à dissimuler qui est sa grand-mère), me dit en souriant qu'elle aime encore moins l'idée d'une mère frustrée. Mes filles me connaissent bien et je suis touchée de leur générosité. Des années plus tard, elles m'avoueront (à moi !) combien il est complexe d'assumer un tel héritage.

Le chemin fut long et me demanda une énergie, une force considérables. Quelles que soient les précautions dont vous entourez votre discours, il est difficile de l'imposer s'il ne va pas dans le sens de l'inconscient collectif.

Quand une fille travaille avec sa mère qui n'a plus vingt ans, qu'elle débarque sur la scène médiatique, elle vient nécessairement la remplacer, et cela se résume pour les autres à un passage de flambeau. Essayez de convaincre qu'il ne s'agit pas d'un relais, expliquez que vous vous positionnez à ses côtés et non à sa place, précautionneusement, sur un autre territoire que le sien (le parfum et non la mode), rien à faire, les gens ne lisent pas, n'écoutent pas, ils entendent ce qu'ils ont envie de comprendre. Première leçon.

Deuxième leçon, le « poids des mots » ne peut rivaliser avec le « choc des photos ». Une des plumes les plus respectées de notre profession a même écrit que j'avais pour la première fois dessiné la collection, parce que ma photo géante, en fond de podium, illustrait le lancement du parfum ! J'ai failli vomir ce matin-là en découvrant la presse et à l'idée de devoir prévenir ma mère.

Troisième leçon, plus vous êtes visible et plus la malveillance, l'envie, la jalousie des autres se déploie. Ce qu'on a raconté à ma mère à cette époque, la façon dont on a essayé de nous dresser l'une contre l'autre, je ne l'oublierai jamais. Et les proches furent souvent les pires. Ma mère, déjà fragilisée par la situation, a entendu de son entourage des horreurs sur sa fille, on lui a conseillé de se défendre, de s'accrocher à sa place que je voulais usurper ! À moi, on disait qu'elle était monstrueuse, qu'elle ne me laisserait jamais exister sous les *sunlights* ! Ces mauvaises langues imaginaient-elles vraiment pouvoir nous brouiller ?

Quatrième leçon, et de loin la plus dure : comment prendre sa place, sa juste place quand on adore sa mère, sachant pertinemment que cela la fera souffrir ? Qu'elle est ainsi faite, maternelle et aimante mais avant tout créatrice, donc égocentrique.

« Le pouvoir, ça se prend, ça ne se donne pas », m'avait-elle souvent répété. Je l'ai pris, maman, mais je ne te l'ai pas pris…

Durant ces années difficiles, j'ai été habitée par la certitude d'agir dans l'intérêt de notre maison.

Oui, j'ai aimé devenir connue (restons calme, célébrité relative, uniquement sur la longueur du boulevard Saint-Germain !), mais je n'aurais probablement pas supporté la culpabilité ressentie si je n'avais pu me justifier. La lecture des articles qui m'étaient consacrés dans la presse était toujours double : une première fois pour m'assurer que rien dedans ne pourrait blesser ma mère, ensuite, je m'attachais au contenu. Non, la célébrité qui m'a plu n'est pas celle qui m'a fait connaître. Celle que j'ai goûtée est arrivée deux ans plus tard, quand j'ai créé Rykiel Woman, parce que là, le regard des gens sur moi a vraiment changé et ce que j'y lisais me convenait enfin.

ELLE AVAIT DES CHEVEUX BRUNS, MON GUIDE

C'était en décembre, et l'avion s'est posé sur la neige. Il faisait froid, les Moscovites qui nous attendaient dans l'aéroport jaunâtre et mal éclairé portaient comme prévu des chapkas, j'étais emmitouflée dans une immense pelisse rousse, tout était conforme. Les formalités se sont effectuées rapidement grâce à l'accueil VIP dont nous avons bénéficié, et la limousine noire qui nous attendait nous conduisit à l'hôtel. Ma chambre donnait sur le Kremlin, et j'avais le sentiment de découvrir pour la première fois le pays de mes racines.

Slave je me suis toujours sentie, simplement parce que mon père était polonais et mes grands-parents maternels russe et roumain. J'aime penser devoir à ces origines mon tempérament volcanique, mes excès, l'intensité des émotions qui m'habitent. Pour la première fois de ma vie, j'allais enfin être entourée de mes pairs et respirer l'air slave. C'était à l'occasion du lancement de Rykiel Rose, nos partenaires russes m'invitaient à en soutenir la promotion sur leurs terres, six mois après le lancement en France.

Ivan et Dimitri, les propriétaires et distributeurs de la compagnie qui gérait notre parfum en Russie, m'attendaient. Ivan, petit, des lunettes, l'air timide, marié et père de famille, était un homme de Poutine, propriétaire de mines de diamants, de compagnies aériennes et de chaînes de cosmétiques. Dimitri, immense, homosexuel, richissime lui aussi mais totalement délirant et extraverti, l'extrême opposé de son partenaire. Le lendemain de notre arrivée, accompagnée de Martine, ma collaboratrice, et d'une interprète qui ne me quittera plus de tout le séjour, nous partons en voiture vers l'un des magasins d'Ivan, ouverts toute la nuit. On peut acheter des crèmes de beauté à 4 heures du matin à Moscou. (J'hésite à mettre mon réveil, tant l'idée excite la shoppeuse que je suis !) Nous découvrons la ville, quand Martine s'exclame : « Regardez, Nathalie ! » Je tourne la tête et prends mon visage en pleine gueule.

Les panneaux publicitaires géants de la ville appartiennent presque tous à Ivan, et Rykiel Rose a envahi Moscou. Les démonstratrices des magasins m'attendent, excitées comme si j'étais une

star et me réclament des autographes ! Nous nous dirigeons ensuite vers l'endroit où a lieu la première conférence de presse : un nombre impressionnant de télévisions et de journalistes patientent. Galvanisée par cet accueil, j'improvise un speech où les ingrédients du parfum fusionnent avec mes origines slaves. Oui, je m'appelle Nathalie, ma mère Sonia, ma fille aînée Tatiana, oui il y a de la rose de Bulgarie, d'ailleurs le bouchon doré de la bouteille est un talisman conçu comme le dôme des églises russes, le jus du parfum et les verres de vodka composent un cocktail délicieux, si, si, je vous assure, *da*, *spaciba*, *ya govoriou porouski*, mes années de russe me reviennent par magie, en tout cas quelques phrases. Les demandes d'interviews se bousculent, Ivan ne me lâche pas des yeux, et mon interprète, une habituée des politiciens, se régale ! Martine, scotchée par ma performance, veille sur l'emploi du temps serré qui est le nôtre. Dimitri se décide enfin à nous escorter jusqu'à la sortie, nous frayant un chemin parmi les journalistes souriants et empressés, les actrices à la mode et les sportives branchées, qui s'étaient rendues à l'invitation lancée par ces deux Moscovites tout-puissants. Je grimpe suivie de mon « escorte » dans la limousine qui m'attend depuis un moment, bloquant la rue étroite. Dimitri, inconscient, éméché, s'accoude tranquillement à la portière grande ouverte, et invite la rue entière à boire à ma santé ! C'est dans un bruit assourdissant de Klaxons et d'insultes que nous démarrons enfin. Direction la chaîne la plus populaire de télévision russe, où le journaliste vedette-beau-gosse-intello-branché du moment m'attend pour une heure de direct. La circulation est infernale à Moscou et l'enregistrement a lieu en banlieue. Quand nous arrivons enfin, il reste une demi-heure avant le début du programme, et nous avons un mal fou à trouver le studio dans les dédales de l'immeuble glauque qui abrite la chaîne. À ce moment-là, Chiara, la maquilleuse qui me métamorphose en « Rykiel Rose » comme me surnomment en rigolant mes filles, s'aperçoit qu'elle a oublié sa mallette magique dans les toilettes de l'hôtel où elle m'avait maquillée précédemment ! Grâce au rouge à lèvres et au blush de Martine, au crayon khôl de l'assistante de production, Chiara, catastrophée, me retouche en trois minutes, juste avant que l'on me somme de rejoindre le plateau. Sergueï D., installé dans un fauteuil design, un faux air de Guillaume Durand de l'Est, m'accueille chaleureusement et m'explique que je devrai répondre en direct aux questions des téléspectateurs. Le décor est imposant, ultramoderne, contraste absolu avec les coulisses sordides. La musique démarre, top générique. Sur l'écran de contrôle, des photos de moi défilent, doublées d'un commentaire auquel je ne comprends rien (mon interprète m'attend dans une loge avec le reste de l'équipe) et l'oreillette dont on m'a affublée ne fonctionne pas encore. Je ne ressens aucun trac, comme presque toujours à l'étranger et ce, quels que soient les enjeux et l'importance de l'émission. En France, l'idée que des amis dont l'estime m'importe puissent être les témoins de l'une de mes prestations me stresse pour bien moins.

L'émission se déroule merveilleusement, je suis détendue, allumeuse juste ce qu'il faut avec le Sergueï, que j'invite même à quitter un instant son Le Corbusier pour venir humer mes poignets et vérifier par lui-même combien mon parfum est irrésistible. Il confirme devant les caméras, et, dans les cinq minutes suivantes, je reçois en direct deux demandes en mariage ! J'avais raison, les Russes sont fous, je les adore et je leur dis. L'émission se termine et je rejoins mon équipe. Retour à l'hôtel, je m'endors dans la voiture…

Le soir, Ivan nous attend dans un restaurant huppé qui a été entièrement inondé de roses roses en mon honneur. Le Tout-Moscou est là, le clip du parfum envahit les écrans géants, une cinquantaine de tables rondes parsemées de pétales et de bougies sont dressées. Ivan prend la parole d'une voix mal assurée et me présente. Après le petit speech de remerciement indispensable, nous nous installons à table. Officiels français et russes m'entourent, et j'envie le reste de l'équipe installée à des tables beaucoup plus sympathiques en apparence. Le dîner est délicieux et nous buvons beaucoup. Un des convives, intime d'Ivan, éméché et indiscret, me dévoile que notre hôte a un talent caché : c'est un grand chanteur d'opéra. Oui, Ivan chante, et merveilleusement ! Personne ne l'a jamais entendu dans son entourage, c'est un secret bien gardé. Le ténor, à ma gauche, est cramoisi. Bien sûr, je décide qu'il chantera pour moi, comment pourrait-il me résister ? Je suis russe et si je me sens invincible ce soir, c'est un peu grâce à lui, toute cette mise en scène depuis mon arrivée, ses regards chauds, mal cachés par ses petites lunettes… Qu'il me la montre enfin, sa flamme slave !

Il se lève, la salle entière se tait, j'aperçois juste Martine à la table voisine qui me jette un regard halluciné. Je lui souris. La sublime voix d'Ivan emplit la salle entière, l'homme me regarde dans les yeux, il n'a plus de lunettes, il est immense, il est russe, fou, magnifique, il chante pour moi « Elle avait des cheveux bruns mon guide, Nathalie… »

Le reste – lorsqu'il redevient petit, remet ses lunettes, me raccompagne à la voiture –, je l'ai oublié…

Encore une journée de travail, de rendez-vous et de promotion le lendemain. Pour notre dernière soirée, Dimitri m'a promis une surprise. Nous avons rendez-vous à 21 heures devant un petit restaurant, en bordure de l'une des grandes avenues de la capitale. L'auberge est éclairée, une limousine stationne devant, deux gardes du corps scrutent les alentours. Je suis seule avec Martine et mon interprète, nous déclinons notre identité et entrons. Une immense table en forme de U est dressée pour une vingtaine de convives, des petits lampions de couleur éclairent l'ensemble, le caviar côtoie le camembert et les zakouski, les blinis, les cornichons, les gâteaux, les viandes et les salades ! Un mélange totalement hétéroclite. Personne n'est là, à part Dimitri, ses trois autres gardes du corps, l'aubergiste et deux serveurs. Face à la table, un podium, une sono, quatre garçons superbes qui entament un rock endiablé quand je pousse la porte ! Dimitri est gai, nous trinquons et nous nous asseyons à table. Une demi-heure plus tard, toujours les mêmes…

Je m'inquiète discrètement de l'arrivée des convives. Dimitri se retourne vers son garde du corps secrétaire qui lui répond : « Quels invités ? » Et là, Dimitri, hurlant de rire, réalise qu'ils ont complètement oublié d'inviter qui que ce soit !

Je suis là, dans cette auberge fermée pour l'occasion, habillée-coiffée-maquillée, assise devant caviar, vodka et camembert, un orchestre de rock se déchaîne pour moi sur une scène de pacotille, les body-guards m'entourent, l'ensemble est délirant et surréaliste. Le plus drôle, c'est que Dimitri ne fait pas mine de distribuer des consignes, ni de décrocher son téléphone, il pourrait inviter n'importe qui à la dernière minute. Non, il n'est pas comme ça, Dimitri, il est russe, il est fou, il s'en fout. Nous festoyons, quand, sortant à la queue leu leu de la petite cuisine, quatre chippendales vêtus de cuir noir rejoignent l'orchestre et me provoquent dans un strip-tease extrêmement indécent. Je joue, je danse, je mange, je bois, je ris, je chante, je strippe, je russe complètement ! L'interprète est ivre morte, c'est la meilleure soirée de sa vie et certainement la plus dingue de la mienne ! À 2 heures du matin, Dimitri, plus si homosexuel que cela, me propose de le suivre ailleurs. Mais je tangue et je rentre avec Martine.

Tôt le lendemain, bagages pliés, je descends dans le hall immense de l'hôtel, et j'embrasse mon interprète.

Dans un brouillard, au loin, j'aperçois un homme qui court au ralenti, mouvements découpés, lents et précis. Il traverse le hall droit vers moi, s'avance très près, tout près, j'aperçois peut-être des lunettes, il n'est plus si petit, je ne sais pas, tout est si lent. Doucement, très doucement il dépose dans mes bras un sublime bouquet de roses roses, russes.

IL M'A DIT QUE J'AVAIS DES COUILLES

Un des compliments qui m'ont fait le plus plaisir vient du père de mes enfants. Il m'a dit que j'avais des couilles. Il l'a dit et il le pensait. C'était un compliment professionnel décerné un soir à la maison, au moment du lancement des sex-toys chez Rykiel.

Cinq mois plus tôt, nous avions décidé d'agrandir et de déménager la boutique enfant du 4 au 6, rue de Grenelle. Le 6 était plus spacieux et venait d'être libéré du prêt-à-porter et des accessoires qui rejoignaient le nouveau magasin emblématique du 175, boulevard Saint-Germain.

La boutique du 4, un petit bijou de soixante mètres carrés sur trois niveaux desservis par un magnifique escalier tournant en chêne, ne pouvait rester fermée. Qu'allions-nous y proposer ? Elle avait accueilli la ligne enfant mais aussi, au fil du temps, le linge de maison, les joggings en velours, des confitures, fabriquées pour nous par la maison Paul Faguais, des plaids, des édredons. Son histoire reflétait l'univers ludique de la marque, sa mémoire était tissée de plaisirs et de fantaisie. Il fallait une idée, un nouveau concept. J'avais peu de temps, nous étions en mai, il faudrait ouvrir en septembre.

Vint rapidement l'envie d'un lieu intemporel qui contrasterait avec la frénésie générée par la mode, les cycles incessants des collections, des vêtements dont la durée de vie, au bout de six mois, se meurt dans les soldes. Oui, la première vision qui m'est apparue consistait à créer un lieu pérenne, où les femmes pourraient dénicher, toute l'année, quelle que soit la saison, le pull en cachemire qu'elles adorent, une étole en fourrure dans toutes les couleurs, des joggings de velours vintage indémodables et parfaits. J'ai associé immédiatement avec l'idée du plaisir qu'un tel endroit, s'il existait, susciterait chez moi, et, dans cette logique, je commençais à créer les cadeaux dont j'aurais envie. Bougies belles et délicieuses, nounours en velours régressifs, vanities de beauté strassés, couvertures de lit en fourrure, tulipes artificielles lumineuses, déshabillés et lingerie sexy. Du très cher, et du peu cher. Un lieu luxueux, où le luxe ne serait pas uniquement question d'argent. Je dessinai petit à petit le paysage d'un cocon féminin, chic et douillet. Plus l'ensemble devenait rassurant, réconfortant, plus je me sentais devenir audacieuse. Mon beau-frère architecte m'avait raconté qu'il s'amusait beaucoup en décorant un sex-shop à Londres. L'endroit appartenait à un couple de lesbiennes qui avaient souhaité un lieu rose, très féminin, à l'opposé des sex-shops traditionnels.

Dès mon premier week-end à Londres, curieuse, excitée par la fantaisie qui déjà m'affolait la tête, j'y fonçai. Simon avait décidé de m'attendre à l'extérieur avec Zac, mon beau-frère. Je n'étais jamais entrée dans un sex-shop. En fait, je crois que je venais vérifier que ce que j'avais imaginé existait vraiment. C'était tout rose, tellement rose que c'en était trop rose, une indigestion de rose et de femmes à l'intérieur qui parlaient doucement, en chuchotant des paroles roses, avec des sourires… roses. Ambiance sirupeuse. L'exact contre-pied du sex-shop masculin traditionnel, comme j'en avais entendu parler, gris, glauque, triste, conçu par des hommes pour des hommes. Énergie zéro. Je me suis fait expliquer par des nanas un peu dragueuses et vaguement précieuses les diverses chatouilles procurées par leurs objets. Je suis ressortie une heure après avec un shopping-bag plein et j'ai rejoint les deux hommes hilares qui m'attendaient. Je n'avais plus qu'un désir, rentrer à Paris et me mettre au travail…

Le lendemain, je monte une toute petite équipe autour de moi, destinée à mettre cette nouvelle folie sur pied dans mon lieu de plaisir. Il reste trois mois avant l'ouverture. Je veux proposer des sex-toys dans ma boutique, à ma façon. Ni sirupeuse ni vulgaire, non. À la Rykiel, chic, drôle, classe, un peu mystérieuse, glamour. On va s'amuser à Saint-Germain-des-Prés ! Je les appellerai « sex-toys », pas de traduction, ce sont des jouets de sexe, rien de plus, rien de moins. Les trois collaborateurs qui m'entourent adorent l'histoire, me jurent le secret le plus absolu et m'offrent leur enthousiasme pendant toute la suite de cette aventure menée en un temps record. Le secret m'est indispensable, je sens que ma vision est juste, je ne veux pas entendre les réfractaires, ceux qui, à chaque nouveauté, sont contre, par principe et par peur, je ne peux pas me laisser déconcentrer, je n'ai que peu de temps. Et puis, je crains de me faire piquer mon idée, ou qu'une fuite sorte dans la presse. C'est vrai aussi que j'ai toujours adoré enfanter mes projets dans le secret pour mieux surprendre et théâtraliser leur naissance…

D'abord, dénicher les fabricants de sex-toys, comparer, choisir et sélectionner les objets dans l'anonymat, les personnaliser, créer également nos exclusivités. Éliminer ensuite les photos de cuisses écartées, de langues pendantes, les légendes grossières sur les affreux packagings en carton, attributs sordides de ce ghetto trash.

Je trouvais ces jouets géniaux et drôles. Je voulais démontrer qu'ils l'étaient, les déshabiller de leur vulgarité et les rhabiller à la mode de Saint-Germain-des-Prés.

Je dessinai des pochettes en satin noir, doublées de rose et siglées d'un SR en strass, dans les quatre tailles des godemichés et vibromasseurs que j'avais choisis. Choisis ? Deux critères seulement m'avaient accompagnés pendant la sélection et l'élaboration de la trentaine d'objets. L'esthétique d'abord : ils devaient être beaux ou au moins kitch (je me souviens d'un godemiché transparent, le rabbit, empli de petites billes de toutes les couleurs façon Smarties), et surtout, efficaces. Il me semblait que si Rykiel proposait des sex-toys, la démarche ne saurait être hypocrite, à l'image de certains designers qui, au même moment, redessinaient des sex-toys pour en faire des objets d'art lourds et glacés. Le sujet était bien d'amener nos clientes à l'orgasme.

Couleurs et textures des silicones, durée de vie des piles, bruits et vitesses des moteurs, commandes reliées ou télécommandes à distance, tailles des godemichés, vibrations en continu ou en pointillé des stimulateurs clitoridiens, il se passait dans mon bureau des choses étranges pendant que la maison continuait de coudre ses habits de collection. Les travaux de la boutique sur trois niveaux avançaient et je décidai d'en dédier le sous-sol à l'érotisme. Je tenais absolument à en protéger l'accès d'un panneau « interdit aux mineurs », inscrit en strass bien sûr ! Je ne voulais pas provoquer, mais proposer, amuser, étonner. Les objets seraient disposés sur des miroirs posés à plat sur lesquels nous avons sérigraphié : « Qui est la plus belle ? »

L'ensemble, que je souhaitais chic, glamour et amusant, commençait à prendre forme et je m'attaquai au recrutement des vendeuses, qui me paraissait fondamental. Je dévoilais aux candidates l'idée et la démarche pendant l'interview, je sortais ensuite de mon tiroir un godemiché et guettais leurs réactions : certaines, spontanément, tendaient la main vers l'objet, d'autres rougissaient en souriant, d'autres encore baissaient les yeux. Je ne retenais que celles qui, décontractées, avaient de la classe et de l'humour.

La communication autour d'un tel projet était cruciale et je décidai de ne recevoir que les rédacteurs en chef des plus grands journaux. Je négociai les articles et surtout, la date de leur parution. Devant un tel scoop, ils essayaient tous d'obtenir l'exclusivité, ce que je refusai. Je refusai aussi d'être photographiée près d'un sex-toy, ainsi que toutes les photos de sex-toys. J'avais compris la leçon et, malgré un discours soigneusement élaboré, je me méfiais terriblement des raccourcis que risqueraient de provoquer d'éventuelles photos de godemichés côtoyant ma photo ou le nom de Rykiel. C'est un innocent vilain petit canard, très photogénique, rayé à nos couleurs, et qui vibrait quand on actionnait son ventre, qui fit la une des magazines. Pendant l'année qui suivit le lancement des sex-toys, j'ai continué d'interdire la fameuse cave germanopratine aux caméras de tous les pays.

Quand je suis allée voir ma mère pour lui dévoiler mon projet, elle n'a pas dit grand-chose, mais ce que j'ai lu dans ses yeux, la fierté, le plaisir, l'envie qu'elle aurait eue probablement d'avoir elle-même cette idée, ont décuplé mon excitation. Je compris à ce moment-là seulement qu'inconsciemment, je venais de renouer avec les racines qu'elle avait plantées profondément trente ans plus tôt dans les fondations de sa maison : la liberté, l'élégance, l'humour, la libération des femmes. Les femmes Rykiel sont des pionnières et je m'inscrivais dans cette légitimité en offrant à notre marque une deuxième jeunesse.

À une semaine de l'ouverture de la boutique, je décidai de réunir tout le personnel de Rykiel. Nos collaborateurs sont fiers de travailler pour notre belle maison. Ils s'en vantent dans leurs dîners, dans leurs familles, avec leurs amis, et j'en suis consciente. Je commençais à redescendre sur terre, je sentais que mon histoire allait faire du bruit, beaucoup de bruit, la presse semblait excitée, mais qu'allait-elle vraiment écrire ? J'envisageais par moments que tout cela tourne mal, bref, je commençais à douter après avoir été portée. Je devais parler à nos collaborateurs, raconter ce qui se préparait, offrir des arguments, tout faire pour qu'ils adhèrent et s'approprient l'histoire, et je me devais de le faire avant que la presse s'en empare. L'enthousiasme de quelques-uns fut tempéré voire contré par la perplexité, le silence, et même l'indignation des autres. J'allais détruire la marque, briser tout ce que ma mère avait construit, nous allions être la risée de tous et nous allions perdre nos fidèles clientes qui ne nous pardonneraient pas cette énorme faute de goût. Ce serait un scandale et j'en serais responsable. J'ai expliqué, argumenté puis, à la fin, incapable de rationaliser davantage ce que mon instinct me dictait, je leur ai simplement demandé de me faire confiance. Mais je jouais gros et je le savais. Aux succès médiatiques, j'ai toujours préféré le respect et l'estime de mes collaborateurs. Rien n'avait transpiré de mon projet dans la maison à l'exception du service comptable dont la directrice m'avoua en rougissant qu'elle se demandait pourquoi je lui faisais parvenir depuis un mois des factures provenant de sex-shops et de fabricants aux dénominations sans équivoque. Elle les avait cependant réglées sans broncher !

Je nommai la boutique « Rykiel Woman ». Ce n'était pas un sex-shop, c'était un lieu d'un nouveau genre dédié aux plaisirs des femmes. Les vendeuses, sympathiques, proposaient un pull, une écharpe ou un cadeau, puis, cinq minutes plus tard, accompagnaient leur cliente au sous-sol et leur expliquaient le fonctionnement d'un godemiché.

Le matin de l'ouverture, le premier papier était sorti à l'aube dans *Libération*, et à 10 heures, il y avait la queue…

EXPOSÉE

Ma mère m'a nommée présidente. Plus exactement, m'a cédé son titre de présidente. Cela a été long et difficile mais, comme le reste, elle a fini par le faire. Je sentais que c'était nécessaire mais je n'imaginais pas à quel point. Je savais que cela aiderait à changer le regard des autres, à asseoir mon pouvoir. Je n'avais pas compris que cela me changerait, moi. En quelques semaines, je suis devenue présidente. Moi qui pensais l'être depuis au moins deux ans parce que j'en assumais la fonction (avec le titre de directrice générale), je ne l'étais pas dans le regard des autres.

J'avais pourtant toujours méprisé les titres et ceux qui se battent pour les obtenir. Il me semblait que mon nom, mon rôle, avec les jalousies et les difficultés qu'ils suscitaient, avaient au moins l'avantage de m'épargner ces batailles indignes, de me servir d'étendard en m'offrant la légitimité nécessaire à mes fonctions. Je croyais que le travail, le mérite, le courage, certains succès suffisaient à inspirer le respect. Faux, archifaux. J'avais sous-estimé les bénéfices du titre.

Être et ne pas être.

Être ce qu'on est, finalement, ça change tout. Le regard des autres s'est métamorphosé du jour au lendemain. On m'a donné du « madame la présidente » chez Rykiel à tout bout de champ, la première année. Sans ironie. Comme si l'appellation contrôlée, validée, rassurait tellement les troupes qu'elle effaçait les doutes qu'ils pouvaient avoir eus auparavant à me suivre dans les nouvelles options que j'impulsais à l'affaire. J'imagine qu'au-delà de moi, c'est la transmission, donc leur futur, qu'ils voyaient ainsi sécurisé. Le besoin de voir la charge la plus haute, « incarnée ». Le plus étonnant, c'est que ce regard de confiance nouveau, posé sur moi, m'a donné l'entière stature du poste, que je croyais pourtant avoir acquis avant par le travail. Il m'a rendue plus forte, plus responsable, et certainement plus compétente.

J'avais presque tout fait, je l'ai dit, chez Rykiel. Sauf être seule aux commandes. Nous étions trois, entourés bien sûr de collaborateurs. Ma mère, fondatrice et créatrice, mon mari, vice-président et gestionnaire. Je naviguais depuis des années dans un flou artistique et créatif qui me convenait, travaillant beaucoup mais sans vraiment trouver ma place. J'étais protégée, c'était confortable. Mon mari parti, ma mère affaiblie, la vie, donc, m'a conduite à relever ce nouveau défi.

Ma sensibilité, ma fragilité, ma folie nourrissent les fonctions artistiques vers lesquelles mes penchants naturels m'ont toujours portée. La clairvoyance, la sérénité, l'autorité sont indispensables pour diriger. Imaginer et décider, en permanence. L'étendue du spectre requis dans ce difficile challenge me fascine tous les jours.

Piloter sans perdre le nord, et perdre la boule pour créer.

LA FEMME DE QUARANTE ANS

Tu vas avoir quarante ans, que pourrais-je t'offrir pour ton anniversaire ? Je t'ai toujours gâtée, j'ai cherché pour toi ce qu'il y avait de plus beau, de plus fou. Tu mettais la barre très haut, je l'élevais encore d'un cran. Les plus belles fêtes, les discours, les orchestres. Les amis et la famille toujours là pour te célébrer. L'émotion. Les honneurs, tu en as eu beaucoup, tu les recevras tous, tu peux me faire confiance.

J'aime l'impossible, le hors du commun, cela seul me semble digne de toi, de mes ambitions aussi.

Je vais t'offrir l'inouï. La reconnaissance absolue de tes pairs. Tous. Les Français, les Anglais, les Italiens, les Japonais, les Belges, les Américains, tous ceux qui comptent dans ta discipline. A-t-on déjà vu cela dans le monde de la mode, des arts ? On s'y réunit peu, ou par petits groupes et rarement en l'honneur d'un tiers. Ce sera l'occasion de faire évoluer les regards, d'afficher que les ego, les narcissismes, ne sont que le vernis d'un métier où d'autres dimensions, d'autres émotions, existent. Je vais les conduire à dévoiler comment tu les as inspirés, souligner ce que tu as accompli, exposer ce que tu représentes. Ils témoigneront de ton style, de ton héritage. Tu entreras dans la légende et tu seras là pour en sourire.

Tu as commencé rebelle, viré les ourlets de tes robes, porté tes pulls à même la peau, tes vêtements coutures à l'envers, sophistiqué tes joggings pour aller travailler. Bien avant qu'elles ne pianotent sur Internet, tu as offert à toutes les femmes tes vêtements dans les catalogues de vente par correspondance. Tu t'es baladée à Saint-Germain-des-Prés, fière et indépendante, avant que les autres n'y viennent. Les livres que tu lis sont au chevet de tes robes. Des jeunes filles des banlieues ont créé leur mode et l'ont fait défiler sur tes podiums. Tu as associé les plus grands photographes à ton nom. Tes vitrines sont des manifestes de folie et de liberté et tes mannequins défilent en se marrant. Tu es excentrique, sophistiquée et unique, libre et surtout différente…

Alors, je dresse la liste des trente créateurs de mode qui symbolisent l'époque et je leur demande de réaliser une tenue qui exprimera leur « vision de la femme Rykiel ». D'avoir la bonne grâce d'utiliser le noir comme couleur dominante, ou une rayure bicolore noire et écrue. De choisir entre cinq matières, velours, maille, dentelle, fourrure, mousseline. D'accessoiriser. À chacun de m'envoyer son dessin, puis la tenue réalisée par son atelier, avant le 14 juillet 2008. Notre défilé jubilé est prévu le 1er octobre, je sais qu'en septembre, ils seront monopolisés par leurs propres collections.

Je veux qu'à eux tous, ils composent le final le plus émouvant que l'on puisse imaginer. Il faudra mettre tout cela en scène et puis je me dis que je ferai bien un livre de cette histoire, et qu'il me faudra un peu de temps…

Tous répondent à mon appel, excités, électrisés, chaleureux, généreux. Tous t'offriront ce cadeau. Il faut croire que ton nom est magique.

Karl et Jean-Paul, d'abord, acceptent tout de suite. Alber, Jean-Charles sont enthousiastes. Et puis les autres, Christian Lacroix, Ricardo Tisci, Martine Sitbon, Véronique Leroy, Ann Demeulemeester (son fax est dans sa chambre à coucher), Martin Margiela, Vivienne Westwood (répond elle-même au téléphone, t'adore, c'est *yes*), Stella McCartney, Michael Kors, Ralph Lauren, Donna Karan, Narciso Rodriguez, Alessandra Facchinetti, Haider Ackermann, la famille Missoni, Sofia Kokosalaki, Yohji Yamamoto…

L'émotion du premier croquis, c'est le 1er juin. Dans une grande enveloppe kraft, Donna Karan donne le ton : une silhouette féminine et élégante en maille et soie, à mi-chemin entre elle et toi, et, comme sur les trois quarts des dessins qui arriveront ensuite, la mannequin a les cheveux roux ! Puis, rapidement, quelques autres : Giorgio Armani et sa robe longue brodée de deux mains, l'une tenant une cigarette, l'autre t'offrant une fleur ; Ricardo Tisci, qui nous avait demandé un pull Rykiel à customiser, l'a sophistiqué à l'extrême ; Alber Elbaz s'est emparé de ton humour avec sa poupée rousse rayée et bijoutée assortie à sa robe bustier ; Michael Kors de ton « total look » maille polo rayé, jupe longue et capeline. J'ai défailli en ouvrant l'enveloppe arrivée de Belgique et qui contenait l'esquisse de Martin Margiela, c'était toi sculptée en fourrure rousse, de la nuance exacte de tes cheveux ! Stella McCartney a téléphoné, elle voulait faire cinq looks : S-O-N-I-A ! Jean-Charles de Castelbajac a envoyé le sien, très drôle, puis m'a téléphoné : « Est-ce qu'il est encore temps, je me suis réveillé cette nuit, j'ai eu une idée incroyable ! Déchire le premier dessin, s'il te plaît. » Et il envoie, deux jours plus tard, l'esquisse d'une robe bustier où tu es la robe, et ta frange le bustier ! Stella me téléphone, elle a changé d'avis, ce sera un unique et très actuel look tailleur et maille, qui arrive, une semaine après, épinglé d'une immense broche strassée qui crie « MOTHER » (je lui réponds que je la lui prête, ma mère) ! Les deux sœurs Rodarte t'ont emprunté tes inscriptions, ton engagement, tes idées, et leur pull-over est un manifeste de soutien à Barack Obama (les élections américaines auront lieu un mois après le défilé). Matthew Williamson accepte de revoir sa copie ; dans son projet, sa robe était rose, hors de notre charte stylistique ; elle est devenue noire et entièrement brodée de vos deux prénoms. Tomas Maier, qui a longtemps travaillé avec nous, joint le dessin d'une silhouette structurée, épaulée, chic et nonchalante, qu'il décide de modifier deux semaines plus tard car l'essayage lui déplaît ; il ajoute un sac, numéroté à tes armes. Narciso Rodriguez signe sa robe de dentelle de tes strass « *with love* ». Roberto Cavalli a teint chacune des plumes de sa robe zébrée à tes couleurs ! Bernhard Willhelm se joue de tes rayures en format extralarge.

Quand j'ouvre l'immense enveloppe postée de New York, la femme aquarellée de Ralph Lauren me sidère : c'est l'icône de Saint-Germain-des-Prés interprétée par le roi de l'Amérique, béret, rayures, jupe courte et ceinturon ; l'acuité de sa vision m'enchante ! Perruque rousse en plumes d'oiseau de paradis, string strassé et aiguilles à tricoter en main, la Sonia de Jean-Paul Gaultier avance en déroulant sa pelote de mohair noir fixée sur des roulettes ! Nous appelons chez Yohji, presque tous les dessins sont arrivés, pas de signe du sien… On nous répond que c'est normal, que Yohji coupe directement dans la toile… Jeremy Scott, lui, t'idolâtre en SuperSonia. Pour Ann Demeulemeester, tu es Holy Sonia ! Christian Lacroix te pare de tous tes atouts : perruque rousse (!), fleurs orange et roses, plumes d'autruche, volants, tulle et strass parent sa magistrale robe sortie directement de ses ateliers de haute couture. Véronique Leroy insiste pour créer deux silhouettes : Rykiel, c'est l'histoire d'une complicité en salopettes… Aujourd'hui, mercredi 27 août, deux enveloppes sont arrivées, exquis nouveaux cadeaux : Vivienne Westwood célèbre ton élégance dans une combinaison fluide et pailletée, et Olivier Theyskens, plumes et mots cousus, ton excentricité. C'est drôle, j'aurais imaginé le contraire de ces deux-là. Quant à la robe crochetée de Diane von Furstenberg, j'ai failli la subtiliser pour mes vacances… Au moment où j'écris ces lignes, nous attendons des nouvelles de Karl : le premier à répondre oui, il ne sera pas le dernier à nous émerveiller.

Magie des talents qui se sont imprégnés de tes codes, de ton style, de ton look même, pour se les approprier et te les restituer, sublimés des leurs. Fulgurance de ces dessins, où l'on reconnaît les mains sans même lire les noms.

Fidèle à moi-même, je me débrouille pour tout verrouiller. Une poignée de collaborateurs au secret, les dessins et les tenues sous clefs, les essayages, retouches, essais coiffure et maquillage dans un salon éloigné. Les courriers aux créateurs, à leurs assistants, pour prévenir de la surprise, supplier de rester muets. La presse sous embargo, une fausse maquette d'invitation pour te tromper. Quand arrive le jour du défilé, une coulisse interdite, trente mannequins clandestins, une répétition son et lumières la veille, en cachette. Tu ne sauras rien, je n'ai pas peur pour ton cœur, je le sais bien accroché. C'est sur scène, devant ton public, comme aux plus grands acteurs, que je t'offrirai ton cadeau.

La femme Rykiel a quarante ans. Si jeune, elle entre dans la légende.

Bon anniversaire, maman !

Ce que j'aime, c'est réaliser que je viens d'accomplir quelque chose dont je ne me serais jamais crue capable six mois ou cinq ans plus tôt. À part l'amour qui est mystérieux, et les enfants qui sont magiques, c'est ce qu'il y a de plus exaltant dans la vie.

ROBERT ALTMAN, YOU MEAN, THE MOVIE DIRECTOR ?

Un jour d'octobre 1984, le service de presse m'informe que Kathryn Altman désire assister à la collection. « Kathryn Altman, la femme de Robert Altman ? – Oui, elle est à Paris – Nous l'invitons, bien sûr, mais dites-lui que nous serions très heureuses qu'elle vienne accompagnée de son mari. » Robert Altman était l'un de mes cinéastes préférés. *Nashville*, l'un de mes films cultes, et j'avais revu plusieurs fois *The Long Goodbye (Le Privé)* avec mon père.

Après la collection, dans les coulisses surchauffées où journalistes, acheteurs et amis se bousculent pour féliciter ma mère, je guette l'homme. Immense, des yeux incroyablement perçants, deux rousses accrochées à ses bras (il avait suffi de deux minutes à ma mère pour le charmer), il se dirige vers moi. « Nathalie, je te présente Kathryn et Robert Altman. »

« Votre mère m'a dit que c'est vous qui avez

mis en scène ce défilé. Je voulais vous rencontrer. » Nous conversons longtemps, il pensait s'ennuyer ferme en escortant sa femme à une « présentation de couture » et s'étonne de découvrir un univers fascinant. En une heure, il avait capté le visible et deviné l'invisible du théâtre de la mode. Beauté, folie, ego, hystérie, travail, talents. Superficialité et profondeur. Démesure, surtout. Il vibrait comme chaque fois qu'il rencontrait ce qu'il affectionnait par-dessus tout, le terreau où planter un nouveau film.

Entré dans ma vie par la grâce d'un défilé, il ne m'a plus quittée.

Tous les six mois, il revenait. La veille de chaque collection, il assistait à la répétition générale. Flanqué de sa femme, qui parfois s'ennuyait et l'abandonnait pour une virée shopping, il s'asseyait discrètement dans un coin de la salle et observait. Comment la tête ne m'a pas tourné à ce moment-là, alors que j'orchestrais quarante mannequins en musique et lumière sous les yeux attentifs d'un homme que j'admirais tellement, je l'ignore !

Rapidement, il m'a confié : « Tu sais, je vais le faire ce film, est-ce que tu m'aideras ? »

J'y croyais sans y croire, j'étais juste flattée, heureuse qu'il soit là, j'imaginais souvent ce qu'aurait pensé mon père s'il vivait encore…

Fidèle, têtu, fasciné, de saison en saison, il était toujours là. Un peu jalouse, j'appris qu'il se faisait inviter à d'autres défilés. Cela rendait donc l'issue plausible. Mais il m'expliquait qu'aucun producteur n'était intéressé. La mode n'était pas encore à la mode à cette époque et il devrait d'abord réaliser un succès commercial pour réunir l'argent nécessaire à son projet.

Cela prit dix années. Après la sortie de *The Player*, un après-midi vers 17 heures, j'étais au bureau entourée de collaboratrices quand le téléphone a sonné. C'était lui. « Nathalie, j'ai trouvé l'argent ! Je fais le film, tu travailleras avec moi ? » J'étais mariée, comme beaucoup de femmes je jonglais en permanence avec mon travail et mes deux filles aînées encore petites, cependant, évidemment, je n'ai pas hésité une seconde. J'ai simplement répondu : « Bien sûr, Bob ! »

Trois jours plus tard, un vendredi, il est midi, je suis à l'hôtel Lutetia où j'ai rendez-vous avec Bob qui arrive de New York. Il est seul dans sa suite, ses valises ne sont même pas défaites. Il m'embrasse et me propose un fauteuil. Les deux heures qui suivent resteront gravées dans ma mémoire. Debout, arpentant la pièce de long en large, l'immense metteur en scène m'offre une lecture de son scénario, marquant des pauses, relevant régulièrement l'œil, guettant chacune de mes réactions. Entièrement habité par son script, relève-t-il que je suis médusée par l'irréalité de la scène ?

Trois choses seulement l'obsèdent : l'histoire est-elle plausible, vais-je vraiment collaborer avec lui, Sonia accepterait-elle de jouer son propre rôle ? Aux trois questions je réponds sans hésiter (comment hésiter ?), oui ! Il me propose d'être consultante pendant la phase de préparation et durant le tournage. Son idée est de mêler à l'intrigue les vrais acteurs de la mode dans leur propre rôle, il souhaite mon aide pour l'introduire dans le milieu et convaincre créateurs, journalistes et acheteurs de participer à cette aventure. Je le trouve un peu naïf : connaissant bien les protagonistes et leurs ego, je suis certaine qu'aucun d'entre eux ne refusera une telle aubaine !

Après quelques dîners où nous parlons scénario et rencontrons des acteurs, Bob retourne à New York pendant que je tente de planifier mon emploi du temps pour l'année qui viendra. Opération complexe car il est imprécis sur la date du tournage et difficile à joindre. Quand il me contactera trois mois plus tard, ce sera pour m'avouer que ses producteurs l'ont lâché. Effondré, il m'annonce qu'il devra tourner encore un autre film avant de se consacrer à *Prêt-à-porter*. *Short cuts* sera un triomphe. Un an plus tard, quand Bob atterrira à Paris, je sais que nous allons enfin nous mettre au travail…

À partir de ce moment-là, tout va très vite. Bob est seul, son inséparable collaboratrice et productrice Scott Bushnell, retenue à New York pour achever un projet, le rejoindra plus tard. Le plus tard sera le mieux, étant donné ce qu'on dit d'elle : un dragon épouvantable qui ne laisse personne approcher de Bob. Comme il me consulte à tout propos et que nous ne nous quittons plus, je doute que ma relation avec elle soit détendue. En attendant, j'organise pour Bob déjeuners et dîners avec les stars de notre métier. Pierre Bergé et Jean-Paul Gaultier sont enthousiastes. Karl Lagerfeld sera le seul à refuser notre invitation, il nous veut sur son territoire et nous invite à dîner dans son hôtel particulier de la rue de Lille avec Sonia, Simon, et Patrick Hourcade, un de ses fidèles amis. Numéros de séduction, ping-pong d'érudition, chassés-croisés d'intelligence, quel spectacle Bob et Karl offrent à leur public ce soir-là ! En partant, nous comprenons cependant que Karl ne sera pas de la fête. Il n'y a pas de partition solo dans ce rôle-là, il ne pourra rien contrôler et il n'aime pas ça. Je suis catastrophée, Karl est déjà très célèbre à l'époque, une figure de mode incontournable à mes yeux, mais Bob refuse de s'en inquiéter. Ce qui compte pour lui, c'est de proposer à tous de participer à l'aventure, de n'oublier personne. Il ne s'angoisse pas des refus, fussent-ils ceux d'une star.

L'étape suivante est complexe. Le tournage commencera dans six mois pour coïncider avec les prochaines collections et Bob cherche une idée pour avertir les professionnels de la mode et obtenir leur participation. Il veut filmer les défilés réels avec ses acteurs en situation et ne peut se permettre de risquer que le public refuse d'apparaître à l'écran. Nous sommes à deux semaines de la *fashion week* (le cycle infernal !) et je suggère à Bob d'annoncer lui-même l'événement, au final du défilé Rykiel ! Je lui énumère les avantages. Les protagonistes, journalistes, mannequins, coiffeurs, maquilleurs et acheteurs internationaux seront présents et réceptifs, avant de s'éparpiller à nouveau, à l'issue des défilés, dans le monde entier. Il ne peut laisser passer une occasion pareille, d'autant plus que l'opération ne lui coûtera pas un centime ! Ce dernier argument finit de le convaincre, Bob est ravi et me remercie chaleureusement. Réalise-t-il la publicité que ce scoop offrira à Rykiel ? Jusqu'au dernier moment, Sonia et Simon douteront que Bob s'exécute. Pas moi, et j'anticipe soigneusement chaque détail de la mise en scène, je choisis le siège de Bob au premier rang, je fais construire quelques marches discrètes qui faciliteront son escalade sur le podium, je prévois un micro et je répète avec les mannequins un final endiablé où je prends soin d'entourer Sonia, lorsqu'elle salue, de Christy Turlington et d'Helena Christensen. Je les préviens qu'en aucun cas elles ne devront regagner les coulisses, car Robert Altman – *« Robert Altman, you mean, the movie director ? »* – s'adressera au public à l'issue du défilé. Ensuite, elles prendront Sonia et Bob par la main pour un dernier tour de piste en musique !

Tout se passe comme prévu, la tension monte, on sent que quelque chose d'inhabituel et d'important se prépare, les filles se parlent et les coulisses deviennent électriques. Les mannequins sont prêtes, les habilleuses, coiffeurs, maquilleurs sont sur les starting-blocks, on enlève la protection du podium, quand on me prévient que Bob me cherche. Il veut me parler, me confesse qu'il est timide, il déteste parler en public, d'ailleurs, il ne sait pas quoi dire ! J'ai déjà le casque qui me relie aux ingénieurs son et lumière sur les oreilles, je demande que l'on m'apporte immédiatement une feuille et un stylo. Nous sommes en retard, la foule s'impatiente, commence à applaudir pour que le show commence, et sur quatre Post-it jaunes je lui griffonne son speech. Je le rassure et le fais accompagner à son siège par une assistante.

Je contrôle le déroulement du show au moyen d'un petit orifice à hauteur d'yeux dans la cloison qui sépare les coulisses de la salle, j'ai toujours détesté travailler avec des écrans de contrôle qui me coupent de l'émotion du public. Avant le final, je croise côté cour un regard dur et tendu, elle ne m'a pas encore été présentée, mais je sais que c'est la place octroyée à Scott Bushnell, arrivée le matin même de New York et qui ignore encore notre petite mise en scène.

Les applaudissements bourdonnent dans mon casque. La collection est un grand cru Rykiel, et ma mère sort au final, radieuse, le micro dissimulé dans la main. Elle effectue son parcours sur toute la longueur du podium de sa démarche unique, salue, puis, parfaitement à l'aise dans son nouveau rôle, invite Bob à la rejoindre sur scène. Il ne peut plus se défiler et, quand je le cherche du regard, il est déjà debout.

Le lendemain, la photo de Sonia et Bob,

entourés des deux mannequins les plus célèbres du moment, fait la une des quotidiens du monde entier et Scott Bushnell me déclare une guerre qui ne s'achèvera qu'avec la fin du tournage.

CHARLES MATTON

Trois p'tits culs, *Demoiselle*, *Le Bouche-à-oreille*, *La Sauterelle*, *Les Ailes du désir*, *Sue sur canapé*, sont certains des titres que Charles a donnés à ses œuvres érotiques. C'est en passant le voir dans son appartement-atelier du boulevard Saint-Germain, à quelques mètres de mon bureau, comme il m'arrive de le faire de temps en temps, que je lui ai demandé de me les prêter pour les exposer chez Rykiel.

Charles est un personnage, presque une caricature d'artiste. Son appartement aussi. Sa femme, Sylvie, est le prototype de la femme d'artiste, totalement dédiée à sa cause, à son œuvre, à son homme, mais pas seulement. Sylvie est aussi une écrivaine engagée et la chef d'entreprise de l'œuvre de Charles. L'attachée de presse, la négociatrice, la marchande. Elle l'engueule parce qu'il laisse tomber partout la cendre de ses cigarettes, qu'il troue ses chemises, qu'il interrompt un deal sur le point de se conclure pour emmener l'interlocuteur dans une digression intellectuelle qui lui plaît. « Chaaarles, s'il te plaît. » Il sourit, il continue. Ou alors, il ne retrouve plus l'œuvre qu'il avait promis de montrer, « Sylvie, où j'avais mis l'esquisse de… Tu sais ? » Il râle. Il farfouille partout, renverse un pot de colle, se souvient d'autre chose, oublie ce qu'il cherchait. Ou il a encore envie d'un petit verre et d'un petit quelque chose à picorer. C'est un gourmand, elle aussi, mais elle n'a pas le temps, encombrée par son sens de la réalité. Charles parle tranquillement d'une voix profonde, sexy, rendue rauque par les cigarettes. Sylvie parle précipitamment et d'une voix haut perchée. Charles est suprêmement sophistiqué, il joue avec les couleurs et les matières en veillant à rester fidèle à son look d'artiste. Sylvie s'en fout, elle aimerait bien s'occuper d'elle, mais elle est trop pressée, elle reste décoiffée, les cheveux courts, son passé de séductrice lui valant certificat d'élégance. Ils jouent les mondains ensemble, s'amusent de leur duo parfaitement réglé et parfois légèrement caricatural. Il y a l'intelligence, beaucoup d'intelligence chez ces deux-là, le talent, énormément de talent, et la chaleur.

Charles réalise des films, peint, photographie, crée des boîtes complètement planantes à l'intérieur desquelles il construit avec une minutie et une inspiration hallucinantes ses fantasmes. Je suis tombée raide devant l'une de ses boîtes, un soir de vernissage à la Maison européenne de la photographie, à Paris. Elle représentait une piscine, la nuit, au clair de lune *(Swimming pool by moonlight)*. Ce n'était évidemment pas la première fois que je ressentais une si forte émotion devant une œuvre, mais c'est la première fois que, devant cette envie, je me suis autorisée à envisager de l'acquérir. J'avais acheté des tableaux avant, des photos, des objets, mais jamais rien d'aussi cher. Comment ce qui n'est pas envisageable devient un jour envisageable, pourquoi l'inaccessible devient possible, puis éventuellement réalité, quels sont les verrous non identifiés qui sautent à ce moment-là ? L'âge, les moyens bien sûr, le sentiment de mériter, de donner suffisamment, pour s'offrir le plaisir ? Le lendemain, j'ai demandé le prix de la piscine. J'en avais rêvé toute la nuit.

Cher Charles, nous étions une quinzaine à nous succéder boulevard Saint-Germain, ce dimanche de septembre pour fêter ton anniversaire.

Autour de ton lit, nous nous installions. Il y avait des chaises, des oreillers, des câlins, des conversations. Sylvie, comme d'habitude, veillait à tout et n'aurait pas toléré la moindre nuance de tristesse. Champagne, thé, jus de fruits, cadeaux et verres jonchaient le sol, la table de nuit, l'atelier attenant. Je t'avais apporté une collection de boîtes d'allumettes anciennes venant de Chine. Tu as reçu plusieurs écharpes, pour te protéger sans doute, mais de quoi, tu ne sortais plus ? Sylvie arborait au bras son tatouage tout frais de la veille, le même qui était incrusté sur ton corps depuis tant d'années. Elle calquait ainsi sa peau contre la tienne, pour te garder un peu mieux au fur et à mesure qu'elle te sentait partir, je crois. Ce n'est pas tes cheveux disparus, la maigreur manifeste de ton visage, ta lassitude extrême qui m'ont impressionnée, c'est de ne pas t'entendre. Ta voix chaude au timbre enroué par les cigarettes était inaudible et devenue si douce. Tu ne racontais plus tes merveilleuses histoires, tes incroyables rencontres, c'est nous, tour à tour, qui te narrions ce qui se passait dehors. Tu ouvrais un œil, de temps en temps tu nous offrais un sourire, et c'était tout. Quand nous sommes partis, c'est ton adorable assistante qui t'a pris la main tendrement. C'était terrible de laisser Sylvie avec toute cette peine, cette peine dont elle ne voulait pas. J'ai commencé à débarrasser les verres, les papiers, tout ce qui encombrait, puisque je ne pouvais la débarrasser de son terrible chagrin.

YVES SAINT LAURENT

Pierre Bergé a avancé ses funérailles à jeudi pour que Nicolas Sarkozy soit présent. Yves Saint Laurent est mort dimanche soir et tout le monde était là, jeudi à 15 h 30 dans l'église Saint-Roch, à cent mètres de la boutique Colette. Le monde de la mode, de la politique, une partie de sa famille (sa mère, ses deux sœurs) et, dehors, rassemblés devant un écran géant qui projetait sa dernière collection, une foule de femmes et un plateau de photographes attendant les personnalités comme pour un final de défilé.

« Ce n'est pas un défilé de mode » avait répondu l'organisateur des obsèques de la Fondation Saint Laurent-Pierre Bergé à mon assistante qui lui demandait si ma mère et moi serions placées côte à côte. Non, ce n'était pas un défilé de mode et, pourtant, les créateurs, les mannequins, les journalistes, les photographes et même la foule qui applaudissait dehors, tous avaient reçu une invitation. Les premiers, un laissez-passer très exclusif avec place numérotée, les seconds, une invitation publique par voie de presse. Julie, interloquée, n'avait pas eu le temps de lui répondre que ma mère, souffrant de son genou, ne pouvait pas se déplacer seule. Cet homme, débordé et excédé, a donc pensé que, en représentation, nous souhaitions vérifier notre installation ensemble aux premières loges, et il en a fait probablement courir le bruit. C'est « la mode » qui veut ça…

Comme la rue était barrée, que le chauffeur n'a pu approcher la voiture qu'à une centaine de mètres de l'église et que je voulais éviter à ma mère les bousculades, nous sommes arrivées sans l'avoir voulu les dernières dans l'église, après que le président de la République et Carla Bruni Sarkozy se furent installés. Redoutant le regard inquisiteur de tous, j'avais insisté pour que ma mère ne prenne pas ses béquilles et je la soutenais de mon mieux. Pierre Bergé avait peaufiné le « sitting » (c'est ainsi qu'on appelle le placement des invités dans un défilé) : nous étions installées devant, ma mère auprès de Jean-Paul Gaultier, l'un et l'autre désignés ainsi comme les créateurs de mode les plus estimables aux yeux de l'ordonnateur, et moi deux rangs derrière, entre Alber

Elbaz et Kenzo. Cette hiérarchie subtilement subjective installait Bernard Arnault et sa femme un rang derrière nous, mais deux rangées plus haut que François Pinault et Stefano Pilati, actuels propriétaire et directeur artistique de la maison de couture Yves Saint Laurent. C'est vrai, toute la mode était là et donc tout le monde a remarqué que Karl Lagerfeld et Pierre Cardin n'y étaient pas.

Pierre Bergé, dans son discours émouvant et amoureux, n'a pu s'empêcher de souffleter l'ensemble des créateurs présents : « Seule Chanel mérite d'être citée aux côtés d'Yves Saint Laurent, aucun autre nom ne peut prétendre à cela. »

Pierre Bergé et Yves Saint Laurent s'étaient trouvés cinquante années plus tôt, ils s'étaient aimés et complétés au point de devenir le couple de légende ayant engendré l'une des plus grandes sagas de la mode.

Bergé a bâti leur histoire, érigé leur fondation, construit leur empire, et les nuances humaines se sont estompées, les personnages publics sont devenus des caricatures. Le duo s'est mué en hydre à deux têtes, l'une emportant les suffrages et les sympathies, l'autre exacerbant les envies et les jalousies ; l'un porteur du génie de la création, l'autre de celui des affaires. Dès lors, le premier est devenu dans les esprits encore plus faible et fragile et l'autre, protecteur et puissant. Le créateur côtoie les actrices, les vedettes, le glamour. L'homme d'affaires, les puissants, les marchands et l'argent. L'un remercie ses petites mains qui pleurent de bonheur quand il les félicite pour un tombé de robe, l'autre congédie les incapables et impressionne la profession. L'artiste génial, hypersensible et timide, plus doué pour la douleur que pour la joie, adulé et retranché des foules, et le mentor surdoué et dur, politique et craint.

Couples de travail, couples amoureux, j'ai vécu les deux. Alliances étonnantes lorsque deux êtres tendent à n'en former plus qu'un aux yeux des autres, quelquefois à leurs propres yeux. La richesse des personnalités, mais aussi les qualités et les manques de chacun, au détriment des nuances, dessinent et réduisent dangereusement les contours de cette nouvelle âme, création des hommes. Chacun gomme ce qui n'est pas dominant chez lui et ne s'engage plus sur le fief de l'autre, parce qu'il y est plus brillant. On se cantonne sur son terrain en cessant d'aiguiser des talents peut-être en sommeil, qui alors s'éteignent.

Il est complexe et riche de vivre un couple, sans renoncer à une partie de soi-même. Richesse qui emporte bien plus loin que seul. Danger qui peut réduire à n'être qu'ombre ou seulement partie.

Dans le micro, Pierre Bergé parlait d'une voix étouffée et son timbre un peu nasillard était d'une douceur inhabituelle. Généralement agacé par la moindre imperfection, il n'a même pas bronché quand les premières notes de la musique de Jacques Brel ont couvert son discours, pour aussitôt s'interrompre, ou quand le curé, à la fin de cette cérémonie émouvante, a commercialement remercié le fleuriste et les divers intervenants…

Entre-temps, Catherine Deneuve a lu vite et doucement un poème de Walt Whitman, et l'on entendait mieux la mélodie de son émotion que celle de ses mots. Puis *Les Vieux Amants*, de Brel, ont bouleversé l'assemblée ; c'est Pierre qui chantait à Yves : « Ô mon amour, mon doux, mon tendre, mon merveilleux amour… » C'était l'histoire d'un grand amour…

Pierre restait seul, qu'allait-il faire de son personnage ? Son amour, son doux son tendre, son merveilleux, celui des deux qui était « publiquement fragile », était maintenant mort. Il l'aimerait jusqu'à la fin des jours, peut-être pourrait-il enfin montrer la part de lui-même confiée à son amant ?

À la recherche du Pierre perdu, celui qu'Yves avait exprimé pour deux…

Vendredi 6 juin, l'enterrement d'Yves Saint Laurent figurait en première page des quotidiens. Sur les photos, l'inflexible Pierre Bergé était en larmes.

RACONTER SA VIE

Tu vois Éliette*, j'avais envie que tu écrives ce livre, lequel, je ne savais pas, seule toi pouvais savoir vraiment, mais raconter cette histoire, tu le pouvais, je le croyais. Avec ton regard et sans tomber dans les pièges. Ça t'a intéressée, presque tout de suite, tu as dit « Oui, ça m'intéresse », tu en as parlé à ta mère, qui t'a dit de le faire, plus exactement qui t'a dit que tu ne pouvais pas ne pas le faire. Ça m'a surprise que tu en aies parlé à ta mère, je t'imaginais totalement affranchie, pas influencée, pas par ta mère, en tout cas. Puis j'ai pensé que raconter l'infinie difficulté et l'infini bonheur, pour une fille, d'être la fille de sa mère, et pour une mère, de laisser sa fille devenir autre qu'elle, était le vrai propos. Dans ce cas, l'avis de ta mère te devenait indispensable,

* Éliette Abécassis, auteur du livre *Mère et fille, un roman*, Paris, Albin Michel, 2008.

puisque tu allais parler d'elle et de toi, évidemment, et que, de sujet, Sonia et moi deviendrions prétexte. C'est d'ailleurs ce que je t'avais suggéré, écrire sur la filiation, la transmission. J'étais certaine que c'était un grand sujet, ton sujet, et j'étais consciente de la curiosité suscitée par notre histoire à Sonia et à moi. Du mystère total de notre relation, vue de l'extérieur comme idyllique ou antagoniste selon les uns ou les autres. Ce qui intriguait, ce qui appelait les immanquables premières questions lors des rencontres, des interviews, c'était : « Mais comment faites-vous (pour être ce que vous êtes) avec une mère pareille (tellement) ? »

Ce que j'avais vécu, ce que je vivais tous les jours avec ma mère, cette complicité indestructible, cet échange où le regard suffit, cette vision symbiotique, mais aussi cet affrontement craintif et pourtant si aimant, ces indicibles rivalités, ce sentiment de culpabilité à peine désamorcé par la nécessité (de poursuivre « l'œuvre », mais aussi d'exister), l'indispensable besoin de la protéger, de lui épargner d'autres souffrances que celles de la vie déjà, et en même temps la certitude que rien ne me serait donné que je n'aurais conquis moi-même, cela pourrait donc être dit…

Parce que tu es intelligente, talentueuse, sensible, fille et mère, juive aussi, passionnée et femme, habitée de transmission, tu sauras certainement écrire ce livre... Mystérieuse Éliette, belle, secrète, compliquée sans doute, évanescente et présente, nous ne nous connaissons pas et cependant, j'ai décidé de te faire confiance. Je t'ai choisie, enfin plutôt, je suis allée vers toi, et ce ne serait pas mon genre de te faire faux bond maintenant.

Nous commençons. Au début, timidement, nous nous voyons au Flore le midi, à peu près tous les quinze jours. Tu arrives avant moi, tu t'installes à ma table, tu ouvres ton ordinateur rose, tu m'attends. Quand j'arrive, tu es presque toujours en conversation sur ton portable, et nous serons souvent interrompues toutes les deux pendant ces séances de travail par des appels d'enfants, de nounous, d'hommes. Nous ne répondrons jamais – et sans nous être concertées – aux autres appels, comme si un pacte tacite nous unissait. Nous sommes là pour parler de ma mère et de moi, donc des femmes, donc de nous deux, et seul ce qui nourrit intimement ce sujet aura le pouvoir d'interférer quelques minutes dans notre tête-àtête. Rapidement, tu as décidé de ton plan et tu me l'expliques. Articuler le livre autour de quatre moments clés de notre vie à ma mère et à moi, nous interroger, nous voir séparément.

Je décide d'être moi, de me confier. Je n'ai pas le choix, et je te préviens : « Je serai sincère, je ne sais pas être autrement, d'ailleurs autrement, ça ne t'intéresserait pas, je te dirai tout, mais tu ne pourras pas tout dire. » Ça te va.

Avec ma mère, je te sens plus timide. Le premier rendez-vous est long à organiser, elle t'impressionne, j'ai l'habitude. Elle est partante aussi pour cette aventure, mais que dira-t-elle vraiment ? Je sais que vous vous rencontrez le plus souvent dans son bureau. Tu demandes aussi à assister à quelques séances d'essayage où nous sommes présentes toutes les deux.

Deux mois plus tard, tu me proposes de lire deux esquisses de chapitres « pour voir si ça va ». Tu n'as pas encore signé avec ton éditeur, tu t'inquiètes de savoir si l'histoire de notre histoire sera supportable pour la suite de notre histoire.

Le soir même, je me précipite sur les quelques pages que tu m'as confiées. Le lendemain, j'attends avant de t'appeler, mes émotions, mes angoisses contredisent mon désir, je ne sais quoi te dire, ni ce que je pense. Je le sais très bien en fait, je suis admirative de ton talent, fière de devenir un personnage de roman, même confrontée à un miroir qui me déplaît parfois, mais j'ai peur pour ma mère, que je trouve effrayante, démente même. Tu nous as campées toutes les deux avec une acuité qui me sidère, j'ai le sentiment que tu donnes à notre histoire une dimension universelle, que tu bâtis une fresque dans laquelle tant de femmes, de mères et de filles, pourront se reconnaître. Je me sens coincée, impossible de te demander de renoncer, j'ai trop de respect pour ton travail, je souhaite aussi que tu continues, j'ai envie d'être cette héroïne, mais je me sens incapable de te donner le feu vert, j'ai trop peur que ce livre ne peine ma mère, ne lui nuise. Je suggère qu'elle lise également le manuscrit, nous sommes trois dans cette histoire après tout, elle sera meilleure juge. Ton souci de ne pas nous nuire est constant et tu acceptes. Je lui remets la chemise cartonnée en la prévenant que c'est peut-être un peu dur, que tu es prête éventuellement à renoncer. Je me sens coupable de tout ce que j'ai dit, de tout ce qu'elle va lire, ça doit tellement se sentir dans mes paroles qu'elle me fusille de ses yeux verts, enfouit les pages dans son sac et me prévient qu'elle les lira quand elle aura le temps. Une heure après, ma mère débarque dans mon bureau avec son allure de reine du monde, un sourire aux lèvres.

« Dis donc, son truc, la petite, elle n'a pas l'air comme ça…

– Quel truc, quelle petite ? (Je fais l'idiote.)

– La petite, là, qui écrit…

– Éliette ?

– Oui, Éliette, dis donc, elle est incroyable, c'est incroyable ce qu'elle a fait !

– Ah, tu l'as lu, déjà ?

– Elle a un sacré talent !

– Je te l'avais dit, ça t'a plu alors ?

– Oui, c'est drôlement fort, mais il y a des choses qui ne vont pas du tout !

– Bien sûr, mais quoi par exemple ?

– Toi, ça ne va pas du tout, la façon dont elle te montre, c'est terrible pour toi, ça va te faire un tort considérable…

– Tu crois ?

– J'en suis sûre, elle ne peut pas te montrer comme cela, tu as l'air monstrueuse, de vouloir m'évincer, cela va donner raison à tous ceux qui me l'ont toujours dit.

– Et toi ?

– Moi, ça va, très bien... »

Une fois de plus, ma mère, tellement aveuglée par le plaisir qu'elle éprouve à se voir décrite dans sa toute-puissance, soucieuse également de me protéger d'une image qu'elle estime caricaturale, ne trouve rien à redire à son portrait qui, pourtant, moi, m'effraie...

Après cet épisode de la fille qui a peur pour sa mère et de la mère qui craint pour sa fille, chacune centrée sur son propre narcissisme, je suggère à Éliette d'ajouter un chapitre supplémentaire, façon *work in progress.* Cela la fait sourire, mystérieusement. Je n'en saurai pas plus, maintenant, je ne lirai plus rien, nous sommes convenues qu'elle continuait, elle signe son contrat la semaine suivante et le rythme de nos séances s'accélère.

Nous nous retrouvons à la maison certains dimanches après-midi, nous regardons des photos de famille que je lui commente. Elle m'interroge, habilement, doucement, redoutablement.

Un jour, je ne sais plus pourquoi, probablement pour nourrir ses questions, je lui lis des extraits de ce livre que je suis en train d'écrire, et dont j'ai repoussé la publication à cause du sien. Son émotion et ses compliments m'encouragent à poursuivre…

Elle persiste dans ses questionnements de sa voix intelligente et insistante, je lui raconte tout de ma vie, qui résonne avec la sienne. Amours, gloires et beautés, échecs, ruptures et souffrances. Échos de filles, de femmes, de mères, d'amantes, je la quitte pourtant à chaque fois avec un sentiment d'inachevé, presque d'angoisse.

Comme si de ma vie je n'arriverai pas à tout dire, comme si les vérités qui m'ont jusqu'à ce jour portée et soutenue, m'aidant à tracer mon chemin, vacillaient, laissant affleurer certaines peurs anciennes, mais surtout faisant naître une certaine peur nouvelle, un frisson, un délicieux frisson, l'indicible sensation de ne plus avoir peur. De me sentir vivante, si vivante.

Ton livre est terminé, Éliette, et maintenant je ne peux plus écrire le mien. Je suis vidée, je t'ai tout donné. Comme d'habitude, je n'ai pas su me protéger. En dehors de ma vie, tu m'as volé quelques trucs, comme les bracelets de ma mère qui bruissaient tels des hochets pour que mon petit frère aveugle puisse toujours repérer sa présence. Je l'ai reprise, cette image qui n'était qu'à moi, je te l'ai interdite. Mais le reste, tout le reste, tu l'as pris et tu as écrit ton histoire, bien plus que la nôtre.

En découvrant la dédicace : « À ma mère, à sa mère, l'artiste », j'ai pensé qu'il s'agissait de ta mère et de la mienne. C'est alors que tu m'as révélé que tu offrais ton livre à ta mère et à ta grand-mère. L'artiste ? Elle était couturière ! Oui, c'est ton roman, bien sûr, que tu avais écrit…

Mais qu'allais-je devenir après sa publication ? Ce n'était plus le problème de personne, que le mien. Ma mère, elle, s'en sortirait toujours, elle était intouchable. Respectée, adulée, elle pouvait tout se permettre. Vieille maintenant (ça m'est pénible de l'écrire, ça lui sera pénible de le lire), elle se fichait de tout du moment qu'on parlait d'elle, et surtout, elle saurait se servir de tout.

Moi, je sais qu'on ne me pardonnera rien.

MAIS POUR QUI SE PREND-ELLE ?

Tu l'as vue ? Mais pour qui se prend-elle, une vraie princesse, il paraît qu'elle est très autoritaire, je n'aimerais pas travailler avec elle, on m'a dit qu'elle se fait maquiller et coiffer dès qu'elle a le moindre cocktail, qu'elle se fait trimballer par un chauffeur, non mais tu te rends compte, elle a même sa table au Flore et à la Closerie, et avec sa mère elles se disputent sans arrêt, jamais d'accord sur rien, non mais ça doit être un enfer là-bas, en plus, elles veulent toutes les deux le haut de l'affiche et elle, elle a les dents qui rayent le plancher, tout ce qu'elle veut c'est la place de sa mère, tu verras, ça ne lui prendra pas longtemps pour couler la boîte, deux ans maximum je te le dis moi…

Ça n'est pas trop dur ? Ça doit être dur pour vous, et comment va votre maman, elle travaille toujours ? C'est elle qui dessine encore ou c'est vous ? En tout cas j'adore ce que vous faites, si, c'est formidable et puis ça ne doit pas être évident, avec une mère pareille, comment faites-vous ? Mais vous êtes toujours d'accord toutes les deux ? En tout cas, vous avez du mérite, si, vous avez su garder la maison familiale, avec tous ces grands groupes, aujourd'hui, ça n'est plus comme avant, et puis on vous voit partout dans la presse, vraiment je ne sais pas comment vous vous débrouillez, mais bravo vraiment, vraiment, bravo…

Non mais dis, tu l'as vue, mais si, je te dis que c'est elle, eh bien dis donc elle n'est pas si bien que ça, pas comme dans les journaux, c'est retouché tout ça, moi je croyais qu'elle s'était fait lifter mais même pas, franchement, avec le boulot qu'elle fait, elle devrait, c'est le minimum, en plus tout le monde le fait maintenant, je me demande quel âge elle peut bien avoir…

MY SECRET LIFE

Je suis assise, devant ce bureau. La musique, Leonard Cohen, *In my secret life*. Une bougie, une cigarette. À côté, un petit vase, une rose. Je suis seule, il est tard. J'aime écrire la nuit. Tout à l'heure, tu me téléphoneras. Je me sens à la fois inquiète et exaltée, cet état me convient, j'écris la dernière page de ce livre, de ce secret qui ne me dévoilera pas. Connaître quelqu'un, le comprendre, c'est autre chose. C'est la beauté de la vie, que rien ni personne ne soit figé. J'aime que ça bouge. J'ai besoin de certitudes, mais ce sont les incertitudes qui me forcent à avancer.

Si tu n'appelles pas, je me sentirai mal. Je me presse de continuer, avant que le temps passe et que, peut-être, tu m'oublies ce soir. Dans ce cas, je ne pourrai pas poursuivre, la fièvre de l'inspiration me quittera pour laisser place à l'angoisse. Que tu ne m'aimes plus, et je m'éteindrais. C'est comme cela que je suis, c'est à l'amour que je dois ma flamme, mais sans toi, s'il le faut, je sais que je continuerai.

Je suis amoureuse. Les hommes se retournent, mais ils ne sont qu'une foule, l'ombre d'un seul. Je suis rieuse, mes yeux brillent, mon ventre te réclame, mon allure est décidée, je suis aimable avec tous, drôle, pertinente, généreuse. Puis, en un instant, je me perds, je marche lentement, j'oublie des choses, je ne parle plus, les autres deviennent nuage, ils me dérangent dans ma rêverie. Je veux t'aimer et que tu m'aimes. Je m'inquiète pour rien, tu es là, tu me veux comme je te veux, tu me le dis comme je te le dis.

J'ai aimé avant. Je t'aime comme j'ai toujours aimé, entièrement. Je t'aime comme je n'ai jamais aimé, parce que tu es toi et que je ne suis plus la même. Je n'ai plus peur, je n'aurai plus jamais peur. Je tremble de l'écrire, mais je crois aujourd'hui que je peux compter sur moi. Une terre inconnue se dessine, vers laquelle je marche sans crainte. J'ai raconté ma vie et pourtant, je me découvrirai encore. N'être que moi et naître de moi.

J'aimerais tant que tout soit possible. Être fille et ne pas faire souffrir ma mère, être mère et protéger mes filles, être femme et chérir la petite

Nathalie en moi, être sage et demeurer folle, être séparés et se garder aimants, gouverner sans être solitaire, être publique et cependant comprise, me savoir futile et toutefois utile.

Être libre, et attachée à toi.

Août 2009

Durant ces deux années tumultueuses,
j'ai été soutenue, dans ma vie comme dans ce projet.
Merci à Marianne, Muriel, Dan, Jean-Michel.

Crédits photographiques

L'auteur tient à remercier tout particulièrement Claire Bretécher, Sylvie et Léonard Matton, Roberto Frankenberg, Olivia et David Zarcate, Tyen.

Toutes les photographies et illustrations sont issues de la collection personnelle de l'auteur, à l'exception de : p. 12 © Claire Bretécher ; p. 19 © J. N. L'Harmeroult/*Elle*/Scoop ; p. 23 © Pierre Zarcate ; p. 91 © Salomé Burstein ; p. 101 © Simon Burstein ; p. 121 © Roberto Frankenberg ; p. 174 © Sonia Rykiel ; p. 185 © Gérard Julien/AFP ; p. 189 © Léonard Matton, 2007 ; p. 204 © Salomé Burstein.

Table

Photocomposition
Nord Compo

Achevé d'imprimer en décembre 2009
par Normandie Roto Impression s.a.s.,
61250 Lonrai
pour le compte des éditions Calmann-Lévy
31, rue de Fleurus 75006 Paris

N° d'éditeur : 14790/01
N° d'imprimeur : 09-4145
Dépôt légal : janvier 2010

Imprimé en France.